인생 참 맛있다

이시형 박사의 맛있는 인생 레시피

인생 참 맛있다

초판 1쇄 2015년 6월 17일

지은이 　| 이시형
그린이 　| 이시형
펴낸이 　| 안대현
편집 　| 박영임
디자인 　| design **Vita** 김지선, 이영해

펴낸곳 　| 도서출판 풀잎
출판등록 | 제2-4858호
주소 　| 서울시 중구 필동로8길 61-16
전화 　| 02-2274-5445~6
팩스 　| 02-2268-3773

ⓒ 이시형, 2015

ISBN 979-11-85186-12-2 03800

이 도서의 국립중앙도서관 출판시도서목록(CIP)은 서지정보유통지원시스템 홈페이지(http://seoji.nl.go.kr)와
국가자료공동목록시스템(http://www.nl.go.kr/kolisnet)에서 이용하실 수 있습니다.
(CIP제어번호 : CIP   )

* 책값은 뒤표지에 있습니다.　** 잘못된 책은 바꾸어드립니다.

이시형 박사의 맛있는 인생 레시피

참 인생 맛있다

글·그림 이시형

Contents

"당신의 인생,
안녕하신가요?"

:

　　　　　　　　당신의 인생에 안부를 묻습니다. 앞
만 보고 달려온 인생에 어느 날 제동이 걸리는 날이 있습니다. 특히 불
혹이라는 마흔을 앞 둔 즈음에는 열심히 산다고 살았는데 내가 제대로
살아온 것인지, 앞으로 남은 삶도 이렇게 살면 되는 것인지, 아니면 지
금부터라도 달라져야 하는 것인지 왠지 마지막 선택지라도 받은 듯, 산
다는 게 갑자기 거대한 두려움으로 엄습할 때가 있습니다.

　이들의 방황이 더욱 불안한 것은 그쯤 되면 삶의 안정을 찾아야 할
때인데 나만 이렇게 여전히 갈피를 못 잡고 있는 것은 아닌지 하는 초
조로움이 더해지기 때문일 것입니다. 나이가 주는 중압감입니다. 하지
만 사춘기에 빗대 '사추기', '오춘기'라는 말이 있는 것을 보면 누구나
겪는 보편적인 통과의례가 아닐까요? 게다가 이는 우리한테만 있는 말
이 아닙니다. 영어권에도 'mid-life crisis(중년의 위기)'라는 단어가 있습
니다.

흔히 이쯤 되면 '불혹'이라는 말처럼 마음이 견고해질 것이라 생각하는데 실제는 그렇지 않습니다. 여전히 갈대처럼 흔들리는 마음은 나약하기 그지없고, 늘 갈등의 연속입니다. 불혹의 두 배가 넘는 인생을 살아온 저 또한 여전히 흔들립니다. 그런 제가 부끄럽기도 하지만 흔들거리는 다리 위에서 균형을 잡듯이 마음을 다잡으며 나의 길을 나아가는 것. 그것이 산다는 것입니다.

유년, 청년, 중년, 노년 등 나이에 따라 불리는 이름이 있습니다. 그러나 이 책은 딱히 불리는 명명도 없는 세대를 위한 책입니다. 청년이라 불리기에는 좀 쑥스러운 30대부터, 중년으로 분류되기에는 뭔가 억울한 40대 초중반의 이들. 다행히 IMF 이후 청년실업의 혹독한 관문을 통과해 가정도 이루고 직장에서 과장, 부장 배지를 달고 있지만 그렇다고 안정된 삶을 이루고 있는 것은 아닙니다. 좋은 대학에 들어가 일류기업에 들어가면 그것이 성공이었던 부모 세대의 교육관에 따라 자랐지만, 지금 세태에 비춰 보면 그동안 엉뚱한 공부를 한 세대라 할 수 있습니다. 하지만 그 대열에 끼지 못하면 열등생, 낙오병으로 전락하고 맙니다.

그러면서 신체적으로는 노화 작용이 시작돼 급격한 신체변화에 부딪치게 됩니다. 우리나라에서 가장 스트레스 강도가 높은 40대는 신체적 방어체제가 약해지기 시작하는 때이기도 합니다. 하지만 직장에서는 고객 접대에, 회식, 출장 등 여전히 필드를 종횡무진 뛰어야 하며, 가정에서는 술 한 잔 걸쳤다고 호기를 부리지도 못하는 안타까운 세대입니다. 그래서 전 40대가 우리나라에서 가장 불쌍한 세대라고 생각합니다. 마흔에 벌써 번아웃 증후군에 빠지는 경우도 있습니다.

무한경쟁 시대의 첫 세대라 할 수 있는 이들은 위로는 상사, 아래로는 신입사원과의 갈등으로 항상 교감신경이 흥분된 상태이며, 심성은 거칠어질 대로 거칠어져 있습니다. 철들고부터 치열한 경쟁체제의 틈바구니 속에서 몸과 마음이 피폐해진 이들의 인생에서 시나 음악이 사라진 지는 오래입니다. 당장 실전에서 자신들의 존재를 증명해야 하는 이들은 50대 CEO처럼 인문학 공부에 매진할 시간도 없습니다.

멋을 모르고 멋을 부릴 여유도 없는 세대인 것입니다. 안타깝게도 생활전사로 돌변하는 순간, 우리는 멋을 잃어버립니다. 저의 세대도 오직 생존만을 위해 '돌격 앞으로'를 외친 외통수였습니다. 그래서 저도 40대 후반에 무릎과 허리 등에 문제가 왔습니다. 너무 아파서 서 있을 수도 없을 정도였습니다. 그때 동(動)에서 정(靜)으로 생활을 옮겨왔습니다. 마음도 다듬고 생활도 다듬고 몸도 다듬었습니다.

그래서 지금의 40대에게 이제부터라도 멋지고 아름다운 삶을 가꾸라는 말을 간곡히 전하려는 것입니다. 무엇보다 인생은 길다는 사실부터 마음에 새겨야 합니다. 이제는 100세 시대. 그때까지 내 발로 걸어야 하고, 현역으로 뛸 수 있어야 합니다. 그러기 위해서는 건강해야 합니다. 불행히 40대는 방어체력의 약화, 고약한 생활습관으로 암, 고혈압, 당뇨병이라는 불청객이 찾아오는 연령대입니다. 따라서 마흔 고개를 건강하게 잘 넘겨야 합니다.

그리고, 인생의 중간지점에서 앞으로 어떻게 하면 내 삶이 멋지고 아름다워질 수 있을까를 고민해야 하는 중요한 시점입니다. 이때의 선택에 따라 당신이 멋진 어른이 될 수 있는가를 가름하게 됩니다.

산다는 것은 고달프고 힘든 일입니다. 하지만 그러기에 우리는 더욱 멋지게 살아야 합니다. 평범한 우리의 하루 속에도 신나는 일들이 너무나 많습니다. 그걸 느낄 수 있어야 합니다. 서둘지 마세요. 인생이 길다는 사실을 다시 한 번 되새기면서 차분히 가십시오. 그리고 지금의 내가 50년 후의 나는 결코 아니라는 것을 명심하십시오.

이 책에 담긴 글들이 당신의 삶을 좀 더 멋지게 가꾸어주는 데 보탬이 되길 바랍니다.

2015년 봄날에
이시형

part 1

마음을
닦는
길

서울의 어느 하늘 아래
네가 있어
숨통이 트이는
:
:
:

서울 하늘 아래에는 연탄을 지고
올라가야 하는 까마득한 달동네가
지금도 여러 군데 있습니다.
처마끼리 다닥다닥. 그래도 어느 집에서는
따뜻한 웃음소리가 새어나오고,
다정한 연인들은 나란히 팔짱을 끼고
사이좋게 걷습니다.
그것만으로 사람 사는 냄새가
피어오릅니다.

서울의 어느 하늘아래 네가 있어
숨통이 트이는   이시향

하나.
고갯길에서
배우는 인심

:

인심 덕분에 고갯길 장사도
어렵지 않답니다.

요즘 젊은 주부들은 대부분의 찬거리를 마트에서 해결한다. 하지만 예전에는 손수레에 채소나 과일을 가득 싣고 이 골목 저 골목을 누비는 채소 장사들에게서 찬거리를 구입하곤 했다. 지금도 트럭 장사들이 골목 안으로 물건을 팔러 들어오긴 하지만 요즘 젊은 주부들은 깔끔하게 진열된 마트에서 장을 보는 것을 선호하는 것 같다.

내가 근무하던 병원 앞에는 제법 가파른 고갯길이 있었다. 웬만한 차들도 힘겹게 올라야 하는 마루턱이었다. 그러니 짐을 가득 실은 손수레를 끌고 이 고갯길을 오르기란 여간 힘든 일이 아니다. 그

런데 그 노인은 볼 때마다 채소나 과일을 가득 싣고 고갯길을 올랐
다. 어느 날은 짐이 너무 많아 노인의 작은 체구가 보이지 않을 지
경이었다. 김장철을 맞아 배추와 무가 한 짐 가득이었다. 지나가던
학생이 거드는 모양이었으나 바둥바둥이다. 아마 그 광경을 보았다
면 누구라도 그냥 지나칠 수 없을 것이다. 하는 수 없이 나도 신사
복에 행여 오물이 묻을까 조심조심 힘을 보탰다.

드디어 언덕 마루에 올라서자 우리 셋은 동시에 '휴우'하고 숨을
내쉬었다. 노인은 고맙다며 인사를 했다.

"왜 하필 이 힘든 길로 장사를 다니십니까?"

솔직히 난 좀 짜증스럽기도 했다. 모른 척하고 지나칠 수도 없고,
밀어주자니 힘도 들고, 옷에 뭐가 묻을까 걱정이 되었기 때문이다.

"허! 단골 아줌마들이 기다리는데 안 갈 수 있남?"

그는 유쾌히 웃었으나 내 물음이 사뭇 의아하다는 표정을 지었다.

"아줌마들이야 어느 동네고 없겠습니까? 쉬운 길로 가면 편히 가
고 빨리 갈 수 있을 텐데, 그러면 그만큼 더 많이 팔 수 있을 테고."

그런데 노인의 대답은 엉뚱했다.

"고갯길은 인심이 좋은걸요. 선생님 같이 마음씨 좋은 사람도 있
고요. 인심 덕분에 고갯길 장사도 어렵지 않답니다."

인심이라고? 아니 이 각박한 서울 거리에서 인심이라니? 노인은 무언가 단단히 착각하고 있는 것이 틀림없다. 난 이 어수룩한 노인에게 서울 인심이 그렇지 않다는 걸 제대로 가르쳐줘야 할 것 같은 의무감마저 들었다. 말씨로 들어 충청도 노인인 듯한데, 이대로 보냈다간 무슨 일을 당할지도 모를 일이다.

"밀어주는 척하다 무라도 빼 가면 어쩌려고 그러세요?"

난 진심으로 걱정이 되어 물었다.

"네? 별 말씀을요. 인심이 그리 고약하진 않습니다요."

그리고 하늘을 쳐다보더니 혼잣말로 중얼댔다.

"원 참, 그렇게 배가 고프면 먹어야지……."

그는 더 이상 나하곤 말 상대를 않으려는 기색이다. 난 순간 창피하고 부끄러워 얼굴이 달아올랐다. 하긴 고갯길을 오르는 노인의 손수레에서 무를 훔쳐 먹어야 하는 사람이라면 먹게 놔둬야지. 그렇게 딱한 놈을 두고 인심이니 어쩌니 할 게재가 아니잖은가.

"자~ 무요~" 노인은 이미 저만치 멀어지고 있었다. "배추요~"하는 소리가 아득해질 때까지 난 그 자리에 서 있었다. 인심 덕에 고갯길도 힘들지 않다는 그 노인, 그래서 그는 유쾌하게 웃을 수 있는지 모른다. 그 힘든 고갯길을 오르면서도 푸근한 인심에 힘든 줄 몰랐던 것이다. 노인은 매일 그런 후한 인심 속에 훈훈한 일상을 보내고 있었나 보다.

　인심. 사람의 가장 순박한 마음, 서로 돕고 위해 주는 마음이 인심인데 언제부터인가 우린 이 말에 경계심을 갖게 되었다. 하도 인심이 각박한 세상이라고 떠드니까 우리는 어느새 세상은 원래 그런 것이라고 세뇌가 되어 버린 것이다. 이런 선입관으로 길을 나서는 도시인들의 하루는 얼마나 삭막할까. 그러니 다들 사는 재미가 없다고, 세상이 무섭다고 한탄하는 것이다.

　하지만 세상인심이 차가운 것이 아니고 내 마음이 차가운 것은 아닐까. 주위를 찬찬히 둘러보면 여전히 따뜻한 인정들이 넘친다. 노점상 할머니의 흙 묻은 찬거리들을 한 보따리씩 사주는 아주머니, 장애우들과 즐겁게 시간을 보내는 자원봉사 학생들, 불우이웃 돕기에 돼지저금통을 안고 오는 어린아이까지, 나쁜 사람보다는 좋은 사람들이 더 많다.

　그렇다고 내 마음속에 인심이 고갈된 것은 아닐 것이다. 웬만해서는 이를 표현하려 들지 않는 것이 문제다. 누구나 고갯길을 오르는 힘든 수레를 보면 이것저것 따지지 않고 본능적으로 도와줘야 한다는 생각을 하게 된다. 그 순간 우리는 순수한 마음으로 돌아가는 것이다. 어려운 형편에 처한 사람을 보면 도와주고 싶다는 마음이 순간적으로 우러난다. 가장 인간다워지는 순간이다. 그러면서 또 한편으로는 타산을 따지니, 이 점이 인심을 흐리게 하는 것이다. 그렇다고 타산을 안 따질 수도 없는 것이 현실이요, 범인의 마음이다.

하지만 당장의 작은 불편이나 손해보다 남을 도와줌으로써 우리 마음에 흐뭇함을 간직하는 것이 더 즐겁지 않을까.

고갯길 인심 덕분에
온통 세상이 훈훈하게 보였다.

둘.
즐거운
해프닝

:

우리는 왜 미안하다는 말을
하지 못하는 것일까.

즐거운 실수 이야기를 하겠다. 한 TV 프로그램에서 신혼부부 몇 쌍을 초대해 어떻게 처음 만나게 되었는지를 물었다. 그중 한 부부의 대답이 인상적이었다.

"이 사람이 버스에서 제 발을 밟았어요."

풍채 좋은 남자가 아내를 가리키며 말했다.

"그래서요?"

"그래서 제가 죄송하다고 사과를 했지요. 그런데."

아내가 계속 말을 이었다.

"그런데 이이가 어찌나 엄살을 떠는지, 저 체구에 말입니다."

좌중에는 웃음이 터져 나왔다.

"제가 그렇게 정중히 사과를 하면 '괜찮습니다'하고 아파도 좀 참을 수 있잖아요? 남자 체면에. 그런데 이이는 그게 아니었어요. 한참 동안 밟힌 발을 주무르더니 저를 힐끗 쳐다보고는 '이리 앉으시죠'하고 자기 자리를 비켜주며 벌떡 일어나는 거였어요. 그러잖아도 미안해 어쩔 줄 모르는 저에게 완벽하게 KO펀치를 날린 거죠."

사회자도 궁금했던 모양이다.

"발을 밟힌 사람이 왜 좌석까지 양보를 했나요?"

남자는 계면쩍은 웃음을 짓더니

"한 번 더 밟히기 전에."

온 무대에 웃음이 터졌다.

둘은 그렇게 만났다. 두 사람에게는 실수가 행복의 출발이 되었던 것이다. 둘 사이에 일어났던 버스 안 정경을 떠올려보니 남의 일이지만 상상만으로도 즐겁다. 이런 실수라면 누가 마다하랴. 실수가 때로는 이렇게 훈훈한 미담을 엮어내기도 한다.

주위에서도 실수가 계기가 되어 좋은 친구가 되었다는 이야기는 흔히 들을 수 있다. 하지만 이게 잘못되면 엄청난 비극을 초래하기도 한다. 발을 밟고도 시치미를 떼고 그냥 있었다거나 혹은 성질이 급한 남자가 발을 밟혔다면 어떻게 되었을까. '아니 이 여자가!'라며 버럭 화를 냈을 것이다. 최악의 경우, 경찰서 신세를 졌을지도 모를 일이다. 그랬다면 부부는커녕 경찰서에서 핏대를 세우며 싸우는 사이가 됐을 것이다.

우리는 누구나 일상생활 속에서 크고 작은 실수를 저지른다. 문제는 실수를 하고 난 다음이다. 실수란 원래 고의로 저지르는 것이 아니기 때문에 악의가 없다. 그래서 이름하여 실수인 것이다. 하지만 내 실수로 상대가 피해를 입었다면 정중히 사과하는 것이 도리다. 이는 인간생활의 기본이며 상식이다. 비록 고의가 아니라 하더라도 말이다.

불행히 우리는 사과에 인색하다. 개인뿐 아니라 나라도 그렇다. 많은 시행착오와 돌이킬 수 없는 잘못을 저질러도 누구 하나 책임지는 사람이 없으니 사과란 것이 있을 리 없다. 국민들이 분통을 터뜨리는 것도 바로 이 부분이다.

사과는커녕 화를 내는 경우도 있다. 사과 한 마디가 그렇게 힘든 일일까? 한국인은 미안하다는 한 마디에 죽을죄도 용서하는 심성을 갖고 있다. 우리는 사과에 약한 민족이라 솔직히 잘못을 시인하고 사과하면 용서를 받을 수 있다.

고의가 아닌 실수였다 해도 그것을 처리하는 과정에서 고의가 돼버릴 수 있는 것이 실수의 무서운 함정이다. 실수를 변명하고 합리화하려고 하면 또 다른 실수를 범하게 돼 단순한 실수가 큰 사건으로 비약될 수 있다. 그래서 실수를 했을 때는 '미안합니다' 그 한마디면 충분하다.

그런데 우리는 왜 미안하다는 말을 하지 못하는 것일까? 무한경쟁 시대 속에서 가정이나 사회 전반적으로 실수를 용납하지 않는다. 이런 분위기에서는 실수를 인정하는 솔직함을 갖기 어렵고, 일단 변명부터 늘어놓게 된다. 자신을 방어하기 위해 잘못의 원인을 외부에서 찾게 되므로, 그 결과 적반하장의 엉뚱한 상황이 벌어지는 것이다.

작은 실수라면 어느 쪽이든 즐거운 해프닝으로 만들 수 있는 마음의 여유가 있으면 좋겠다. 한쪽이라도 여유를 갖는다면 실수가 전쟁을 몰고 오진 않을 것이다. 고의로 그런 것도 아닌데 불쾌한 여운을 남길 필요는 없지 않은가. 그렇잖아도 속상할 일이 많은 세상인데……. 생각해보면 별 것 아닌 경우도 많고, 이런 일로 짜증을 내기에는 우리 하루가 너무 아깝다.

　나의 명랑한 하루를 위해 좀 더 여유를 갖고 상대방의 입장을 생각해보자. 출근길, 편의점 아르바이트생에게 거스름돈이 모자란다고 핏대를 올려봤자 불쾌지수만 높아질 뿐이다. 많은 손님을 대하다 보면 실수도 할 수 있는 법이다.

　"바쁘시죠? 거스름돈이 모자라네요"하고 웃으며 말하면 출근길이 얼마나 명랑해지겠는가

정중한 사과, 그리고 웃음으로 넘긴다면
고단한 하루에 즐거운 자극제가 될 수도 있을 것이다.

셋.

멋진
어른

:

그분이 베푼 사랑은
따뜻하고 흐뭇했다.

밤 아홉시쯤 되었을 것이다. 서점을 돌아다니다 버스에 올랐다. 버스 안에는 빈자리가 없어 대여섯 명이 서서 가고 있었다. 서점을 둘러보다 보면 다리가 천근이다. '행여나'하고 버스 안을 두리번거렸지만 허사였다. 누구 하나 자리를 양보해줄 눈치는 아니었다. 서운한 생각도 들었지만 한편 다행이라는 생각도 들었다. 아직 나를 젊게 봐주는 것이니.

그런데 이 피로한 다리가 문제였다. 바닥에라도 앉고 싶은 심정이었다. 그때 마침 자리가 났다. 난 잽싸게 자리로 돌진했다. 근처에 경쟁 상대자가 될 만한 사람이 있는 것도 아니고, 거리상으로나 나이로 따지나 누가 봐도 그것은 내 자리였는데, 난 제법 허둥대며 자리를 잡았다.

'후유' 살았구나 싶은 안도감에 기분이 느긋해지고 욱신거리던 다리도 편해졌다. 이러한 요행도 산다는 재미다. 순간 난 세상에 부러울 것이 없는 행운아가 된 듯 했다.

그러나 이러한 기분도 잠시 뿐, 자리를 차지하느라 허둥댔던 내 꼴이 아무래도 마음에 걸렸다. 사람들이 힐끗거리는 것도 같았다. 얼굴도 제법 알려져 있는데 누가 나를 알아보기라도 했다면 이게 무슨 망신인가.

아니 설령 모르기로서니 이 허우대에 이게 무슨 꼴인가 말이다. 슬슬 창피한 생각이 들기 시작했다. 제법 점잔을 빼며 여유롭게 앉았으니 남들은 눈치채지 못했을지 모르지만 자리를 차지하려고 속으로 허둥댄 것이 내내 마음에 걸렸다.

이렇게 혼자 속으로 시름을 하는 동안 무거운 책가방을 멘 학생 몇이 올라탔다. 아예 앉을 생각도 않는 눈치였지만 그 중 한 여학생은 피곤에 지친 기력이 역력했다. 앞자리에 앉은 아주머니가 가방을 받아주었다. 학생은 그제야 이마에 맺힌 땀을 훔쳤다. 제법 쌀쌀한 날씨에 땀을 흘리다니 차라리 내가 자리를 양보할까?

그 때였다. 노신사 한 분이 일어섰다. 그리고는 그 학생을 강제로 자리에 앉히는 것이 아닌가. 당황해 어쩔 줄 몰라 하는 학생을 내려다보며,

"온종일 시달린 학생이 편히 앉아 가야 공부를 열심히 하지!"

그때 옆 자리의 젊은 청년이 일어섰다.

"어르신께서 이리 앉으세요."

"아닙니다. 저는 하루 종일 앉아서 쉬기만 했으니, 그리고 이제 다 왔습니다."

미처 손쓸 새도 없이 노인은 다음 정거장에서 내렸다. 그제야 주위 사람들은 안도의 숨을 내쉬는 것 같았다. 그 자리에서 '살았구나' 싶은 마음이 가장 강하게 든 사람은 아마 나였을 것이다. 바로 뒷자리인지라 이 광경이 벌어지는 동안 심리적 압박에서 벗어날 수 없었기 때문이다. 더구나 조금 아까 내가 한 짓이 있으니, 말없이 지켜만 보는 내 마음은 대단히 불편했다.

하지만 한편으로는 참으로 기분 좋은 일이었다. 세계 어느 나라에서 이런 흐뭇한 광경을 볼 수 있을까. 그 노신사도 멋있다. 그분은 노인 대접을 젊은이에게 베풂으로써 받은 것이다. 비록 낡긴 했

지만 깔끔히 손질이 잘 돼 있는 양복을 입은 그는 인상만 갖고 점을 친다면 은퇴한 교장 선생님 같은 분위기였다. 아껴준다는 것, 위한다는 것, 서로 격려한다는 것, 받고 베푼다는 것이 무엇인가를 우리에게 손수 보여준 것이다.

경로사상이 무너지고 있다는 걱정의 목소리가 높다. 세계에서 가장 아름다운 우리 전통이 퇴색해간다는 것은 참으로 안타까운 일이다. 대부분 웃어른을 공경할 줄 모르는 젊은 세대를 탓하며 그들에게 책임을 돌리는 경우가 많다. 하지만 난 가끔 의문이 들 때가 있다. 그게 과연 젊은이들만의 문제일까? 이들을 힐책한다고 문제가 해결될까?

경로사상이 땅에 떨어졌다고 개탄하는 이들은 버스에서 노신사가 보여준 교훈을 되새겨보자. 그분이 베푼 사랑은 따뜻하고 흐뭇했다. 그랬기에 주위의 모든 젊은이가 몸 둘 바를 몰라 쩔쩔맨 것이다. 이들의 송구스러워하는 모습이 내게는 더 인상적이었다.

광화문에서 나를 내려놓은 버스는 이런저런 사연을 싣고 저만큼 사라져갔다. 그날따라 거리에서 땅콩을 굽는 할머니의 주름살이 왜 그리 깊어 보이는지, 나는 내키지도 않은 땅콩을 한 봉지 사들었다.
문득 어머니 얼굴이 떠올랐다.

마음 한쪽이 묵직해졌지만
한 편으로는 흐뭇하고 기분 좋은 밤이었다.
쌀쌀한 날씨에도 추운 줄 몰랐다.

넷.
함께
가는 길

:

'잘 가'하는 아이들의 인사가
들리는 듯 했다.

건널목 앞에서 택시를 기다리고
있는 참이었다. 보행 신호가 켜지자 사람들은 서둘러 횡단보도를
건넜다. 8차선 도로라 언제나 신호시간이 아슬아슬한 곳이기 때문
이다. 그때 종종걸음으로 바쁘게 오가는 사람들 사이로 다리가 불
편해 걸음이 뒤처지는 한 여자 아이가 눈에 들어왔다. 다른 이들은
거의 다 건너갔으나 그 아이는 아직 중앙선도 넘지 못했다. 보기에
도 안쓰러웠다.

그때였다. 고등학생쯤으로 보이는 두 아이가 뒤늦게 횡단보도에
뛰어들었다. 물론 그 아이들의 달리기 속도로는 충분히 건너고도
남을 것이다. 그런데 느릿느릿 건너는 여자 아이를 발견하고는 걸

음을 멈추고 서로 약속이라도 한 듯 한 걸음쯤 떨어져 여자 아이의 뒤를 따르는 것이 아닌가. 자칫 자존심이라도 상할까 혹은 자신들의 배려에 부담을 느낄까 싶어 여자 아이가 눈치채지 못하게 하려는 것이 분명했다. 그들의 세심한 배려가 내 마음을 사로잡았다.

보행 신호는 깜박거리고 다리는 마음 같지 않고 차들은 슬슬 움직일 준비를 하니 얼마나 초조하고 불안할까. 순간 깊은 소외감에 빠지게 될 것이다. 이럴 때 함께 걸어준다는 것, 얼마나 고맙고 든든할까.

중앙선을 겨우 넘었을 뿐인데 신호는 이미 바뀌었다. 아이들은 손을 들어 운전자의 주의를 환기시켰다. 뒤에서 봐도 여자 아이는 걸음이 불편할 뿐 부축을 필요로 하지는 않는 것 같았다. 그저 느릴 뿐이었다.

다만 오른쪽 어깨에 아슬아슬하게 매달려 흔들거리는 가방이 그 아이를 더욱 힘들게 하는 것처럼 보였다. 남자 아이가 가방을 들어주랴 조심스레 손을 내밀었다. 여자 아이는 고개를 흔들었다. 하지만 몇 걸음 옮기더니 가방을 벗어 준다. 남자 아이가 쑥스럽게 받아들었다. 이제 외롭지도 무섭지도 않을 것이다. 그 따뜻한 배려가 얼마나 고마웠을까.

그 장면이 어찌나 아름답게 느껴지던지. 아스팔트 정글 속에서 붉은 신호에 건널목을 건너고 있는 긴박한 순간, 성급한 운전자들도 차마 출발하지 못하고 이 아이들을 지켜주었다. 아이들이 다 건너기까지 인내심 있게 기다려준 운전자들도 고마웠다. 누구하나 경적도 울리지 않고 조용히 기다려주는 모습이 놀라웠다. 신호가 바뀌기도 전에 출발하는 우리의 운전 습관으로 비춰볼 때 참으로 기적 같은 일이 아닐 수 없다. 아마 그들도 이 아름다운 아이들을 지켜보면서 마음속으로 맑은 수채화를 그리고 있었을 것이다.

무사히 횡단보도를 건너간 아이들이 가방을 내밀었다. 여자 아이는 가벼운 목례를 하고 가방을 받아 들었다. 그리고는 서로 반대 방향으로 돌아서 갔다. 저만치 가던 사내아이들이 잠시 뒤를 돌아보았다. 붐비는 차 사이로 잘 보이지는 않았지만 '잘 가'하는 아이들의 인사가 들리는 듯 했다.

각박한 도심의 풍경을 장미 화원으로 바꾸어 놓은 아이들 덕분에 회색빛 거리가 갑자기 밝고 환해졌다. 달려가 덥석 아이들을 안아주고 싶을 정도였다. 난 택시가 멈춰 기다리고 있는 것에도 아랑곳하지 않고 그 아이들이 시야에서 사라질 때까지 지켜보고 있었다.

어떤 아이들일까? 요즘 세상에도 아이를 저렇게 가르치는 부모가 있구나. 어떤 사람들일까? 그 아이들의 부모와 가정 분위기까지 궁금해졌다. 불과 몇 분 사이에 일어난 일이지만 한편의 아름다운 영화를 본 것처럼 황홀했다. 난 그날 오후 내내 이 생각으로 흐뭇하고 즐거웠다.

요즘 아이들! 말만 들어도 우린 혀를 차고 고개를 내젓는다. 하지만 주위에는 이렇게 아름다운 아이들도 많다.

이 생각에 동의하지 않는다면
'요즘 어른들' 모습은 어떤지 자신부터 되돌아보길 바란다.

다섯.
마음을
채워주는 사람

:

눈 오는 밤이면 우리 모두
누군가를 그리워한다.

눈이 오는 밤이어서일까? 타향도
아닌 타국이어서일까? 아니면 멀리서 비치는 크리스마스트리의 불
빛 때문일까? 외롭다고 하기에는 너무나 사치스런 유학 시절이었
지만 그날 밤은 참으로 길고도 적막했다. 대륙의 밤은 깊어가고 눈
은 하염없이 쌓여만 갔다. 책을 읽어도 머리에 들어오지 않는, 누군
가 찾아올 듯한 그런 밤이었다. 물론 찾아올 사람은 없었다. 하지만
누군가 기다려지는 밤이었다. 겨울이라는 계절 탓이었는지, 지친
한 해가 넘어가는 12월 막바지여서인지 누군가가 절실하게 그리운
그런 밤이었다.

병원 한구석의 독신 기숙사에는 그날따라 사람 그림자도 보이지

않았다. 물끄러미 창밖을 내다보고 있으니, 참으로 오랜만에 고향 생각이 났다. '모두들 한 자리에 모였겠지? 무엇을 하고 있을까? 윷판이라도 벌이고 있을까?' 가족들이 모두 모여 와자지껄 떠드는 소리가 이곳까지 들리는 듯 했다. 이 세상 모두가 나 혼자만 남겨두고 어디론가 떠나버린 듯 해서 서러운 기분마저 들었다. 정말 나답지 않은 생각을 하고 있었다.

그때 누군가 창 밑에서 노크하는 소리가 들렸다. 나는 내 귀를 의심했다. 그래도 행여나 하고 창가로 다가가 보니, 이게 웬일인가. 함박눈을 맞으며 웬 사람이 웃고 있지 않은가. 급히 창을 열어보니 병원 수위였다.

"고향 생각?"

하고 그는 나를 쳐다봤다. 나는 할 말을 잃어 물끄러미 바라만 보고 있었다. 내 대답을 기다리지도 않고 그는 말을 이어갔다.

"한국에도 참 눈이 많았었죠. 내가 다리를 부상당했던 날에도 눈이 많이 왔어요. 야전병원에 누워 있을 때에도 계속 눈이 내렸습니다."

이런 이야기를 꺼내면서 그는 들고 온 꾸러미를 부스럭거리며 펼쳤다. 따뜻한 커피와 도넛이었다. 대충 눈을 털더니 커피를 권했다.

얼마나 시간이 흘렀는지 정확히 기억나지 않지만 우리 둘은 창을 사이에 두고 한참동안 이야기를 나눴다. 그가 한국전에 참가한 상이군인임을 그 때 처음 알았다.

"눈이 오면 왜 그리 사람이 그리운지요. 자, 이제 일을 해야겠군요."

손을 흔들며 그는 기숙사 모퉁이로 사라져갔다. 멍하니 그의 뒷모습만 바라볼 뿐 나는 고맙다는 인사도 제대로 하지 못했다.

눈 오는 밤이면 우리 모두 누군가를 그리워한다. 눈이 아니래도 왠지 겨울은 기다림의 계절이다. 학생은 방학을, 수험생은 시험 결과를 기다린다. 회포를 풀 송년회를 기다리는 사람, 희망 찬 새해를 기다리는 사람, 겨울은 모두가 기다리는 계절이다.

따지고 보면 우리의 하루는 기다림에서 시작해 기다림으로 끝난다. 새벽잠이 없는 사람은 조간신문을 기다리고, 허둥지둥 출근 버스를 기다리고, 점심시간을, 그리고 퇴근 길 술 한 잔을 기다린다. 주말을, 월급날을 기다리고, 보너스를, 휴가를 기다린다.

기다리는 마음은 아쉽고 허전하지만 다가올 그 날을 생각하면 기분이 좋아진다. 기다림이 없는 사람은 정신적으로 가난한 사람이다. 기다리는 사람에게는 희망이 있어 아름답고 행복한 순간의 연속이다. 그래서 우리는 올 한 해도 많은 걸 기다리며 살아왔다. 비록 그게 이루어지지 않는다 해도 우리는 그렇게 기다리고, 기다리며 살아온 것이다. 그래서 한 해가 저무는 12월의 저녁이면 어딘가 초조하고, 아쉬운 마음을 가눌 길 없다.

잊힌 얼굴들이 떠오르고, 갑자기 물밀 듯 밀려오는 그리움에 가슴이 저민다. 외로움에 텅 빈 가슴으로 그리운 이들을 기다리기도 한다. 행여나 이 순간, 따끈한 군밤을 사들고 나타날지 괜히 가슴이 설렌다.

집집마다 닫힌 겨울 창 너머 사람들은 모두 이렇게들 누군가를 기다리고 있을 것이다. 생각이 이쯤에 미치고 보니, 사람들 모두 야속하고 이기적인 듯한 인상을 지울 수 없다. 그렇게 모두 기다리기만 하면, 채워줄 사람은 누구란 말인가. 내가 까마득한 옛날의 그 수위 아저씨를 떠올린 것도 그래서이다.

그는 분명히 내 방에만 동그마니 불이 켜진 것을 보았을 것이다. 내가 한국에서 온 것도 알고 있었을 것이다. 그리고 이름 모를 한국의 어느 골짜기 야전병원에서, 하염없이 내리는 눈을 바라보며 누군가를 기다렸던 자기 모습이 떠올랐을 것이다. 도넛과 커피 한 잔을 사들고 그는 내 창문을 기웃거리며 용기를 내 두드린 것이다. 그리고 기다림으로 텅 빈 내 가슴을 커피 한 잔으로 따뜻하게 채워주었다.

사람을 기다리는 일만큼 아프지만 짜릿하고 행복한 일도 없을 것이다. 하지만 그보다는 누군가 나를 기다리는 사람을 찾아가 행복하게 해주는 것이 더욱 흐뭇할 것이다.

기다리는 사람보다
기다림을 채워주는 사람이길 바란다.

여섯.

동심으로
돌아가는 날

:

**동창회는 타산보다
인정으로 얽힌 모임이어야 한다.**

해마다 연말이 되면 동기 동창회가 열린다. 이제 동창들은 한 해가 무섭게 많이들 달라져 있다. 하지만 언제나 화기가 넘친다.

어느 해였나, 총회를 겸한 송년회라 다음해 회장을 선출해야 했다. 현 회장단이 유임해주길 바랐지만 회장이 사의를 표명해 어쩔 수 없이 새로운 회장을 임명해야 했다. 회칙이 따로 없는 우리 회는 그저 상식에 준해 모든 일을 처리하고 있다. 따라서 몇 번을 중임한 회장이 있는가 하면, 1년 후 물러난 친구도 있다. 말하자면 제멋대로이지만, 그래도 별 탈 없이 잘 돌아가는 편이다.

그런데 그 해는 분위기가 심상찮았다. 안 하겠다는 친구를 부재

중에 억지로 회장 자리에 앉혀 놓았더니 1년을 마치고 절대 중임할 수 없다며 단호하게 사의를 밝혔다. 하는 수 없이 전형위원을 뽑아 회장 선출을 의뢰했으나 그것도 허사였다. 추천을 해도 다들 못하겠다고 고사하는 바람에 회장 선거는 난항에 부딪쳤다. 처음에는 농담도 하고 장난기 섞인 박수를 보내기도 했지만, 시간이 지나도 누구 하나 시원하게 나서는 사람이 없자 분위기는 점점 심각해졌다.

이럴 때는 마음 약한 사람이 짐을 떠안게 되는 법. 결국 내가 해보겠노라고 나서고 말았다. 마이크를 잡고 선언을 하는 순간 장내는 뜨거운 박수와 환호성으로 가득 찼다. 하지만 이것은 결코 나를 좋아해서 보내는 환호가 아니다. 냉랭하고 어색한 분위기를 구해낸 한 정신과 의사의 기지에 대한 박수였다.

그래서 난 복에도 없는 소위 동창회장 자리에 앉고 말았다. 내가 지금 우리 동창회 이야기를 이렇게 자세히 쓰는 데는 그럴만한 이유가 있다. 우리는 누구나 유치원에서 대학에 이르기까지, 한 개쯤 동창회에 속해 있다. 그런데 이 즐거운 동창회가 때로는 욕설이 난무하고 중상모략이 횡행하는 비극의 장이 되는 경우도 있다.

우리 동기회와는 반대로, 회장자리를 놓고 마치 국회의원 선거라도 하듯 치열한 경쟁을 벌이는 모임도 많다. 몇몇이 분위기를 망치는 것이니 나머지 동창들은 이맛살을 찌푸릴 수밖에 없다. 모처럼의 해후인데 술맛은 쓰고 괜히 동창회에 나갔다며 씁쓸한 마음으로 돌아오게 된다.

 그런데 동창회 회장 자리는 꽃방석 자리가 아니다. 오히려 매우 고된 자리다. 회장을 지낸 친구들의 푸념을 듣노라면 그런 맘고생이 없다.

 첫째, 상당한 재력을 필요로 하며 또 흔쾌히 쾌척할 수 있는 아량도 있어야 한다. 동창회는 회비로만 유지되기 어렵기 때문에 소위 유지들의 찬조금이 있어야 한다. 이 경우 회장이 먼저 솔선수범을 보여야 다른 이들의 기부를 유도할 수 있다. 둘째, 기동력과 일 잘하는 참모도 있어야 한다. 거기다 남들 앞에 내세울 만한 사회적 지명도가 있어야 한다. 또한 동기들의 관혼상제에 빠지지 않고 헌신적으로 뛰어다닐 수 있는 시간과 정력이 따라줘야 한다.

 이 뿐만이 아니다. 동창들의 불평불만을 포용할 수 있는 고매한 인격과 덕망을 갖추어야 한다. 특히 회비도 안 내고 동창회에 얼굴도 내밀지 않으면서 동창회가 별 도움이 안 된다며 불평하는 사람도 많다. 또한 잘 나가는 친구들을 찾아가 사기 치는 사람은 없는지,

형편이 어려운 동기는 없는지 동기들 사정을 잘 살펴야 한다.

이런 조건을 다 충족시킬 수 있는 사람이 몇이나 될까? 누가 이 짐을 짊어질 것인가? 이러한 회장의 고충을 다 알고도 하겠다고 나서는 사람은 없을 것이다. 만약 있다면 이 자리를 빙자해 다른 이익을 챙기려는 사람일 확률이 높다. 이런 고충을 알고도 순수하게 회장 자리를 떠맡기는 쉽지 않기 때문이다.

동창회는 타산보다 인정으로 얽힌 모임이어야 한다. 그래서 동창회에 갈 때는 사회에서 묻힌 때는 훌훌 털어내고, 아련히 떠오르는 학창시절의 추억과 순수한 마음으로 가야 한다. 마음의 고향인 동창회는 이 험한 풍진 속에서 시달린 영혼들을 잠시나마 순수한 얼굴로 돌아가게 해주는 곳이다. 그러니 서로 아끼고 감사해야 한다.

동창생······.
이름만 들어도 가슴 설레는 정겨운 말이 아닌가.
모든 동창회의 즐거운 만남을 빌겠다.

일곱.

희망봉이 가르쳐 준
진정한 희망

:

가해자는 사과하고
피해자는 관용하고.

남아프리카공화국의 희망봉! 참
근사한 이름이다. 난 초등학교 지리시간 때부터 그곳에 가면 이름
대로 내게도 희망찬 삶이 열릴 것이라는 왠지 모를 환상을 갖고 있
었다. 아프리카 최남단 남아공, 지구의 끝 희망봉, 대서양과 인도양
이 만나는 곳. 우리 일행은 설레는 가슴을 안고 그곳을 향해 갔다.
하지만 현지 안내원은 흥분에 들뜬 우리가 이해되지 않는 듯, 씁쓰
레한 웃음을 지었다.

"우리에게는 희망봉이 아니라 절망봉이었지요. 침략, 약탈, 착취,
노예사냥······. 아프리카의 정체성을 무너뜨리고 영혼까지 짓밟아
놓은 저주와 절망의 상징이었습니다."

흥분했던 일행이 갑자기 숙연해졌다. 어린애마냥 철없이 흥분했던 나는 부끄러운 마음마저 들었다.

아프리카에는 지금도 피비린내 나는 종족간의 분쟁이 끊이지 않고 있다. 누가 이들을 이렇게 만들었는가. 서구 열강들은 이해타산에 따라 이 땅에 줄을 그었다. 수천 년간 자기 부족이 곧 우주였던 이들에게 근대국가의 틀은 애당초 맞지 않는 형극의 틀이었다. 아프리카의 비극은 여기서 시작됐다. 아, 그리고 천인공노할 노예사냥, 무엇으로도 속죄할 수 없는 이 대죄 앞에 머리 숙이는 자도 책임지는 자도 없으니, 여기는 서구열강이 저지른 원죄의 대지다.

하지만 아프리카의 대지는 말이 없다. 한반도 허리에 걸친 휴전선의 깊은 침묵처럼. 말 할 힘조차 없는 것인지, 온갖 수모와 핍박을 그 넓은 가슴으로 조용히 안고만 있다.

만델라가 생의 반을 감옥에 갇혀 있다가 이윽고 풀려 나온 날, 그는 그 천진난만한 웃음으로 온 세계인의 앞에 모습을 드러냈다. 어느 한구석 맺힌 구석이라고는 찾아볼 수 없었다. 핍박인들 오죽했으랴. 원한이 골수에 사무쳤을 터이지만 그의 모습 어디에서도 어두운 구석은 찾아볼 수 없었다. 오히려 환하게 웃는 모습이 개구쟁이 아이 같았다.

그가 우리를 놀라게 한 것은 이뿐만이 아니었다.

"가해자는 사과하고 피해자는 관용하고."

이 한 마디가 남아프리카공화국의 흑백갈등에 종지부를 찍게 했다. 미움과 복수심으로 이빨을 갈았다면 오늘 저 아름다운 하늘마저 핏빛으로 물들었을 것이다. 하지만 그는 참았다. 그러기에 그는 위대한 승자가 될 수 있었다. 이 길만이 보복의 악순환의 고리를 끊을 수 있다는 것을 온 세계인에게 보여준 것이다. 이 위대한 스승은 온 세계인의 가슴에 크나큰 감동의 파장을 일으켰다.

지금도 세계 곳곳에서는 언제 끝날지도 모를 처절한 피의 복수전이 벌어지고 있다. 더욱 가공할 일은 이제는 국지전이 아니라 온 세계가 위험권에 들어가 있다는 사실이다. 보복의 규모가 커지면서 무차별적 테러가 벌어지고 있어 언제 어디로 불똥이 튈지 모를 일이다. 온 세계 공항의 검문검색이 강화되고 있으며, 적도 없고 전장도 없는 그야말로 안개 속의 전쟁이다. 이게 온 인류를 불안과 공포의 도가니로 몰아넣고 있다.

우리를 더욱 전율케 하는 것은 '죽음을 두려워하지 않는 일단의 젊은이'가 있다는 사실이다. 냉정히 생각하면, 세상에 이나마 평화가 유지될 수 있는 것은 인간에게 죽음에 대한 근원적 두려움이 있기 때문이다. 이것이 끓어오르는 분노, 미움, 복수심에 제동을 걸어준다. 무슨 이유에서건 사람이 죽기를 작정하면 무슨 짓을 못하겠는가. 죽음이 무섭지 않다면 이 세상에는 한순간의 평화도 있을 수 없다. 그러니 죽음에의 공포가 평화의 수호신 역할을 해주고 있는 것이다.

그런데 죽음의 공포에도 아랑곳 않는 이들이 있다. 왜 그렇게까지 된 것일까? 증오와 복수의 악순환이 되풀이되면서 이것밖에는 달리 방법이 없다고 극단적인 결론을 내렸기 때문일 것이다. 요즘 이름만 들어도 끔찍한 IS집단도 예외가 아니다. 소외된 수많은 젊은 이들이 그 무서운 집단에 들어가기 위해 줄을 섰다니 말이다.

하지만 어떤 명분에서도 더 이상 이런 극단적인 사람이 양산되어서는 안 된다. 그리고 인류의 지성, 인류의 양심은 이들을 막다른 골목으로 내몰리게 두어서도 안 된다.

우린 여기서 아프리카의 말없는 초원, 그리고 만델라의 관용을,

그의 웃음을 다시 생각해보아야 한다. 여기에서 교훈을 얻지 못하
면 우리에게는 정말 희망이 없다.

희망봉에 희망이 없다지만
만델라의 관용이 희망이다.
그리고 모든 지구상의 아픔을 함께하는
우리 가슴이 곧 희망이다.

여덟.
아이들을
보라

:

등에 멘 가방 속에는 꿈이 여물고
희망이 부풀어가고 있다.

시골 아이들 한 무리가 학교에 가는 모양이다. 서너 명씩 짝을 지어 무엇이 그리 신나는지 참새처럼 조잘대며 가고 있다. 막 심은 벼가 바람에 흔들리고 재잘거리는 시냇물이 아침 햇살에 눈부시다. 푸른 하늘, 흰 구름, 아카시아 향기가 가득한 오월의 논두렁길, 마침 훈훈한 미풍이 불어와 아이들의 머리를 휘돌며 지난다.

세상에 이보다 더 기분 좋은 풍경이 또 있을까. 아이들이 학교 가는 풍경만큼 우리 기분을 상쾌하게 하는 것도 없을 것이다. 녀석들을 멀리서 바라보노라면 절로 웃음이 나고 힘이 솟는다. 아이들에게 꿈과 희망을 보기 때문이다. 등에 멘 가방 속에는 꿈이 여물고 희망이 부풀어가고 있다. 우리는 여기서 우리의 밝은 미래를 꿈꾸어 본다. 아이들을 보고 있노라면 피로도 짜증도 말끔히 가신다. 아이들의 활기찬 걸음걸이만큼 힘이 절로 솟는다.

한 녀석이 개구리를 잡았나 보다. 여자 아이들은 기겁을 하고 도망간다. 신이 난 녀석은 개구리를 흔들며 여자 아이들을 쫓아가 장난질이다. '예끼, 이 녀석!' 밀치고, 당기고 끝내 한 녀석이 넘어져 운다. '저런, 뚝! 그만 일어나. 옳지.' 소매에 눈물을 훔치고는 곧 무리와 어울린다. 무슨 일이 있었냐는 듯 다시 어깨동무를 하고 낄낄거리기 시작한다. '옳지, 그래야지.' 아이들이 무리지어 넘어간 고갯길은 갑자기 고요해진다. 텅 빈 고갯길이 어쩐지 허전하다.

우리 어른들도 저 아이들 같을 순 없을까. 왜 우리 어른들은 아이들만 못한 것일까. 세상사는 일에 어찌 언성을 높일 일이 없겠냐만, 그래도 싸운 후에는 훌훌 털어버리고 저렇게 어깨동무를 할 수 있으면 좋겠다. 용서하고 받아주고 다시 옛날처럼 어울려 즐거운 담소를 나눌 수 있으면 좋으련만.

어른들은 한 번 토라지면 좀처럼 풀리지 않는다. 때로는 평생을 원수로 살기도 한다. 딱한 어른들. 아이들이 부럽고 존경스럽다. 저렇게 너그러울 수 있다니!

　지금쯤 아이들은 학교에 도착했겠지. 토라져 울던 아이도 활짝 웃는 얼굴로 교문을 들어섰을 것이다. 수업시간에 선생님께 혼이 나지는 않을지, 숙제와 준비물은 잘 챙겨갔을지 걱정이 된다. 하지만 문제없을 것이다. 회복이 빠른 아이들이 아닌가. 오늘 하루도 즐거운 시간을 보내고 돌아올 것이다. 뛰고 달리고 공부하고 낄낄거리며 신나는 하루를 보내겠지.

　너희들이 희망이란다. 씩씩하고 굳세게 자라다오. 친구와, 그리고 개구리와도 사이좋게 지내야 하느니라.

아이들이 학교 가는 길, 보기만 해도 기분이 절로 좋아진다.
아이들을 보며 다시 한 번 우리의 미래를 그려본다.

만델라, 간디, 세계적 위인은 용서로 적을 포용했습니다. 그것만이 유일한 해결책이기 때문입니다. 보복은 또 다른 보복을 부르기에 보복 복수전은 끝이 없습니다. 그것을 알면서 치솟아 오르는 분노를 억제하지 못해 또 다른 무자비한 복수를 하게 되나 봅니다.

국가, 민족, 종교. 분쟁의 씨는 다양하지만 복수가 결코 해결책이 아니란 것은 역사가 증명하고 있습니다. 뻔히 알면서 포용하지 못하는 것은 인간의 약점이요, 인류의 약점입니다. 멀리 볼 것도 없습니다. 우리 한국사회도 다르지 않으니까요.

오늘날 우리 한국사회는 분노로 들끓는 사회입니다. 참다못한 분노가 가히 화산처럼 폭발하는 날, 그 파장은 끔찍할 것입니다. 언제 어디서 터질지 모를 일입니다. 하지만 이런 방법으로는 분노가 해결되지 않는다는 것을 우리 모두 잘 알고 있습니다. 화풀이를 그대로 했다가는 더 큰 화를 초래하니까요. 그래서 요즘은 '분노조절을 어떻게 할 것인가'라는 문제가 어엿한 학문의 한 장으로 등장했습니다. 저도 대학에서 분노조절 강의를 맡고 있습니다.

화가 나면 일단 돌아서 심호흡을 세 번 하세요. 터질 듯 한 화가 얼마간 가라앉습니다. 자리를 잠시 피하는 것도 좋은 방법입니다. 어쨌든 화는 화풀이로 절대 해결되지 않습니다. 사태를 더욱 악화시킬 뿐입니다. 얼마간 시간이 좀 지나면 이성이 돌아오고 감정도 가라앉습니다. 궁극적으로 해답은 용서뿐이라고 생각합니다. 하지만 용서만큼 힘든 것도 없습니다. 그러나 불가능한 것도 아닙니다.

1995년 어느 여름날, 대현은 학교폭력에 시달리다 끝내 투신자살하고 말았습니다. 그 부모의 심정은 어떠했을까요. 하지만 그들은 의연했습니다. 극도의 분노와 슬픔을 억누르고 청소년폭력예방재단(푸른나무 청예단)을 창립했습니다. 다시는 자신들과 같이 가슴 아픈 죄 많은 부모가 나오지 않기를, 그리고 학교에 사랑과 웃음이 넘치기 바라며, 아버지 김종기 씨는 생업도 포기한 채 오직 이 일에만 매달렸습니다. 처음부터 골리앗과 다윗의 싸움이었지만 그에게 감동받은 많은 이들이 하나 둘, 응원하기 시작했습니다. 그리하여 우리 사회에 청소년 폭력 문제의 심각성을 공론화하는 데 결정적 역할을 했습니다.

"당신이 예수요." 저는 서슴없이 외칠 수 있습니다. 저라면 과연 그럴 수 있을지. 끓어오르는 분노를 삭이고 용서와 화해, 그리고 쓰린 한을 속으로 안고 괴로워하면서 남의 집 아이들의 안녕을 위해 진력할 수 있을까요. 그는 10월 24일을 애플데이로 지정하고 화해와 사과를 나눴습니다.

그의 바다보다 깊고 넓은 관용에 절로 고개가 숙여집니다.

part 2

인생의
참맛

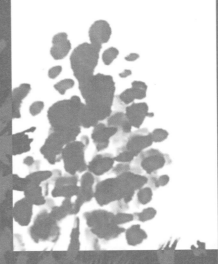

넘어진 건 운명이고
비켜설 여유는 자네 몫일세

:

거칠 것 없는 세월도 때로는
모진 운명에 발이 걸려 넘어질 때가 있습니다.
그때마다 정신을 단단히 붙들고
있어야 합니다. 넘어진 세월에 물귀신처럼
함께 끌려들어갈 수는 없으니까요.
넘어진 건 운명이지만 슬쩍 옆으로
비켜설 줄 아는 여유는 나의 몫입니다.

넘어진건 운명이고
비켜설 여유는 자네 몫일세
이시형

하나.

잘 사는 일의
의미

:

그의 대화 중에는 유독
'산다'는 이야기가 많이 나왔다.

"이 사람아, 우리 자주 좀 만나세. 우리 집에도 좀 놀러오라고. 자네 책 쓸 일이 있으면 우리 별장에서 지내게. 거긴 조용해서 글이 아주 잘 될 걸세."

오랜만에 나를 찾아온 동창이 간곡하게 부탁을 했다. 자기 집에 놀러오라는 그의 말은 그냥 하는 인사치레가 아니었다. 한동안 연락이 없던 그에게 무슨 일이 있던 것이 틀림없다.

학창시절부터 성실했던 그는 비록 가난했지만 열심히 사는 친구였다. 그러나 졸업 후 통 소식이 없었다. 소문에 의하면 작은 공장을 경영하느라 바쁘게 살고 있다고 했다. 최근에는 사업이 번창해 상당한 실력자가 되었다는 소문도 있었지만, 웬일인지 동창 모임에는 얼굴을 비추지 않았다.

그런 친구가 봄비를 맞으며 느닷없이 내 사무실을 찾아온 것이다.

"산다는 게 뭔지. 바삐 쫓겨 다니다 보니 친구를 만나는 것도 쉽지 않았네."

이렇게 시작된 그의 이야기는 오랫동안 이어졌다. 성실하게 일한 덕분에 돈을 좀 모았다는 그는 별장도 지었다고 했다. 하지만 살만해지니 새로운 고민이 생겨나기 시작했다. 말벗이 그리워진 것이다.

그의 주변에는 대부분 사업관계로 만나는 사람들뿐이라 허심탄회하게 마음을 터놓을 상대가 없었다. 찾아오는 친지도 모두 이해에 얽힌 관계라 부담스러웠다. 모두들 자기한테 기대려는 사람뿐이니 불편하고 피로했던 것이다.

그가 별장을 지은 것도 사람들을 피해 조용히 지내고 싶었기 때문이다. 부지를 물색하고 건물을 짓는 동안, 오랜 꿈을 이루게 되었다는 흥분에 잠을 이룰 수 없었다. 드디어 완공의 날, 그는 성취감과 삶의 보람에 왈칵 눈물이 쏟아졌다. 산다는 것은 정말 신나는 일이라고 외치고 싶었다.

여기까지는 좋았다. 그런데 시간이 흐를수록 이런 감격과 흥분이 차츰 수그러들기 시작했다. 앞마당의 연못을 봐도 그저 그렇고, 뒷산의 수풀에도 별 감흥이 없었다. 단조로운 생활이 권태롭게 느껴지기 시작한 것이다. 한적한 별장이라 찾아오는 사람도 없으니 심심해서 견딜 수 없을 지경이었다.

인간에게는 현시욕의 충족도 중요한 것이다. 사람이 모여 있는 곳에서는 사람 구경하는 재미도 있지만 나를 구경시키는 재미 또한 무시할 수 없다. 제 잘난 맛에 사는 것이 사람이기 때문이다. 좋은 옷을 입으면 남에게 보이고 싶고, 멋진 몸매를 가꾸면 자랑도 하고 싶다. 하지만 이 한적한 별장에는 봐줄 사람도 없고, 보여야 할 사람도 없다. 좋은 옷을 두고도 걸칠 필요가 없으니 산다는 재미가 있겠는가.

그러자 애써 지어놓은 별장에 발길이 뜸해졌다. 들인 돈이 아까운 생각도 있었지만 꼭 가야할 이유가 없을 때는 별로 가고픈 마음이 들지 않았다. 때때로 관리 상태를 점검하러 의무적으로 가야 하니 꿈의 별장이 이제 부담으로 전락하고 말았다.

그의 대화 중에는 유독 '산다'는 이야기가 많이 나왔다. 원래 좀 심각한 친구이긴 했지만 나이가 들어선지 대화 내용이 다분히 철학적이었다. 잘 사는 게 과연 무엇인지 요즈음 그는 이 문제를 놓고 많은 생각을 한다고 했다. 잘 살아 보겠다는 일념으로 그렇게 발버둥 치며 달려왔건만, 잘 산다는 것은 결국 자신을 외롭게 만든 것 외에 아무것도 아니었다는 것을 깨달은 것이다.

　그는 친구도 없었다. 어릴 적 친구도 자주 안 만나면 친구가 아니다. 일에 치여 친구와의 술 한 잔도 외면하고 살았다. 하지만 지금의 자기는 무엇인가? 물론 저택도, 별장도 지었으니 누가 봐도 부러워할 만한 사람이 되었다. 하지만 시시각각 몰려드는 고독의 그림자는 이 부자의 마음을 무척이나 가난하게 만들었다. 잘 살게 될수록 점점 그는 외로워진 것이다.

　그 날은 봄비가 하염없이 내리고 있었다. 텅 빈 사무실에서 우연히 내 글을 읽고는 불현듯 달려왔다는 친구. 우리 둘은 그 날 밤 거나하게 취했다.

　　잘 산다는 게 무엇인가를 생각하면서…….

둘.

작은 계획,
작은 성취

:

인생은 한 점 한 점들이 모여
이루어지는 것.

새해가 밝으면 우리는 한 해의 계획을 세운다. 묵은해를 뒤돌아보며 새해에 이루고 싶은 일들을 계획한다. 그러나 날이 갈수록 의지는 희박해지고 나중에는 무엇을 계획했는지조차 잊어버리게 된다. 그래서 올해도 또 지난해처럼 그저 그렇게 덧없이 세월만 흘러 보내게 되는 것이다.

어떤 사람은 원대한 목표를 세우고 자신의 전 인생을 건다. 그리고는 그 목표를 위해 모든 것을 희생하고 매진한다. 어려운 고비에도 굴하지 않고 꿋꿋하게 한 길을 가던 어느 날, 드디어 평생의 목표를 이루어 벅찬 감회에 젖는다. 만약 이런 사람이 있다면 죽어도 여한이 없는 풍성한 인생을 살았노라고 긍지를 느끼게 될 것이다.

그런데 사람에 따라서는 비록 평생의 대업을 이루어도 자부는커녕 허탈감에 빠지는 경우가 있다. 이것이 내 인생의 전부를 건 결과인가 생각하면 오히려 허망하기 때문이다. 목표를 이룬 후 다음은 무엇을 해야 할지 길을 잃는 경우도 있고, 정상에 올랐지만 심신이 망가져 기뻐할 줄 모르는 사람도 있다. 한편, 정상까지 오르지 못하고 중도에 포기하고 실의에 빠지거나 안간힘을 쓰다가 병이 나 쓰러지는 이들도 부지기수다.

그런가하면 지레 겁을 먹고 처음부터 계획조차 세우지 않는 사람도 있다. 이루지 못할 꿈을 꾸다 실망하는 것보다 아예 시도도 하지 않는 게 낫다고 생각하기 때문이다. 아마 대부분의 소시민이 이러한 범주에 속할 것이다. 그래서 인생의 계획이나 목표라는 구체적인 말보다 '꿈'이라고 막연하게 표현하는 경우가 많다. 소시민들은 실제 꼭 무엇을 이루겠다는 포부보다 막연한 환상을 가져보는 수준에서 만족한다. 뚜렷한 생의 목표가 없으니 산다는 의미가 분명치 않다. 그저 사는 것이다. 어제와 오늘이 다르지 않으니 삶이 따분할 수밖에.

이런 사람들에게 제안하고 싶은 것이 있다.

'작은 계획을 세워라!'

사람들은 한 방에 멋지게 홈런을 터트려야 된다고 생각한다. 하지만 홈런만이 경기를 승리로 이끄는 것은 아니다. 1루, 2루, 3루를 착실하게 밟아가며 한 점 한 점 점수를 쌓아가야 한다. 인생도 그러한 한 점들이 모여 이루어지는 것이다.

손쉽게 매일 할 수 있는 일, 실천한 후 결과가 분명한 일부터 계획을 세워보자. 막연하고 거창한 중장기 계획이 아니라, 매일의 일상 속에서 바로 실천할 수 있는 구체적인 일을 계획하는 것이다. 눈앞에 목표가 분명하면 자기 속에 내재된 모든 에너지를 동원할 수 있어 일의 능률이 향상된다.

둘째, 목표가 분명하면 달성했을 때 성취의 기쁨을 맛볼 수 있다. 작은 성취에도 작지만 기쁨은 따르는 법이다. 그리고 목표 이상으로 이루었을 때는 여분의 기쁨이 생긴다. 목표가 있고 성취의 기쁨을 느끼는 사람은 일상의 생활이 따분해질 수 없다.

학생들에게 분필을 손에 들고 높이 뛰어 올라 벽에 금을 긋게 한 실험이 있다. 두 번째 뛰기 전에 A그룹 학생들에게는 자기가 처음 뛴 높이보다 30% 더 높게 눈금을 표시해놓고, 그것을 보고 뛰게 했다. 50명 중 26명이 목표를 달성했다. 이번에는 학생들에게 눈금

없이 그냥 더 높이 뛰어보라고 지시했다. 50명 중 15명만이 처음 기록의 30% 이상을 뛰었고, 그 중 8명만이 그 결과에 만족했다. 이 처럼 목표가 눈앞에 분명히 보이면 더욱 힘을 내 분발하게 된다.

무슨 목표든 좋지만 기왕이면 작은 일이라도 생산적인 목표를 세우면 좋겠다.

한 친구는 동창생 명부에서 차례로 매일 한 명씩 골라 안부 전화를 하겠다는 목표를 세웠다. 생각지도 않은 친구한테 전화를 받고 반갑다고 한 잔 하자는 친구, 놀라는 사람, 무슨 부탁이라도 하려는 게 아닌가 싶어 슬슬 말꼬리를 흐리는 얌체도 있었다. 여하튼 동창생과의 시간이 그에게는 즐거운 매일의 일과가 되었다. 그러는 동안 때로는 생각지도 않은 도움을 받기도 했고, 우연한 기회에 좋은 사업 아이디어를 얻기도 했다.

유명한 버나드 쇼의 청년시절은 혼란과 불운의 연속이었다. 스무살이 되자 홀로 대도시의 뒷골목을 떠돌아다니는 방랑자가 되었다. 스스로 방황 속으로 뛰어든 것이었다. 그러는 중에도 그는 매일 원고지 5매의 글을 쓰기로 마음먹었다. 아무리 하루가 고달파도 글을 쓰는 동안만은 차분하게 마음을 안정시킬 수 있었다. 그리고 쌓여

가는 원고뭉치에서 기쁨을 느꼈다. 이 5년 동안에 쓴 글이 후일의
버나드 쇼를 있게 한 것이다.

　작은 일의 기쁨을 아는 사람이어야 큰일을 해낼 수 있다. 하루를
무위로 보내기보다는 작은 계획을 세워 성취의 기쁨으로 차곡차곡
채워가는 삶이 좋다.

　　　　　작은 계획, 작은 기쁨이
　　　　당신의 하루를 풍요롭게 해줄 것이다.

셋.

이 순간이
진짜 인생

：

주어진 지금 이 순간이
곧 진짜 인생이다.

만일 진시황이 불로초를 구했다
면? 인생무상이란 말을 들을 때마다 진시황 생각을 하게 된다. 육신
의 늙어감을 그리도 서럽고 안타까워했던 그가 불로초를 먹었다면
여전히 젊음을 유지하고 있을 것이다. 소원을 이루었으니 그는 행
복할까?

어쩐지 내 생각은 반대일 것 같다. 내 생각에 그는 지금쯤 심한 우
울증에 빠져 정신과에 입원해있을 것이다. 그리고 제발 좀 죽게 해
달라고 애원하고 있을 게 틀림없다. 그런데도 사람들은 끝없는 삶
을 희구한다. 그리고 마치 천 년 만 년 살 것처럼 실제 불로초 망상
에 빠진 사람들을 볼 수 있다.

　미래를 위해 가족과 친구, 심지어 자신의 건강마저 돌보지 않는 이들이 많다. 지금은 우선 자신의 자리를 굳히거나 경제적 안정을 찾는 것이 우선이라고 생각하는 것이다. 이렇게 평생 돈 버는 데만 혈안이 돼있는 사람은 정이란 것을 잃게 된다.

　지금은 참았다가 나중에 가족도 챙기고 인정도 베풀면 된다고 말한다. 지금은 '연습 인생'이니 나중에 '진짜 인생'을 멋있게 살면 된다고 생각한다. 하지만 이것은 불로초 망상일 뿐이다.

　불로초 망상에 빠진 사람들은 현재의 인생을 풍요롭게 살 수 없다. 항상 모자라고 늘 가난해 온갖 궁상을 떨다 주어진 생을 마치게 된다. 이런 사람은 백만장자가 되어도 마음이 차지 않을 것이다. 결국 연습만 하다 가는 인생이 되고 마는 것이다.

　주어진 지금 이 순간이 곧 진짜 인생이다. 한 순간을 소중히 여기고 알뜰히 살아야 한다. 인생은 연습이 아니기에 연습하는 기분으로 아무렇게나 살 수는 없는 법이다. 최선을 다해 오늘 하루를 열심히 살아야 한다. 시합에 임한 선수처럼 진지한 자세로.

　비오 10세(世) 교황의 소년 시절에 있었던 일이다.

신학교 시절, 친구들과 뜰에서 놀고 있었다. 그때 어느 신부가 다가와 '만약 30분 후 이 지구가 멸망한다면 무얼 하겠느냐'고 물었다. 모든 소년들은 '성당에 가서 기도를 드리겠다'고 합창이나 하듯 대답했다. 그러나 분명한 어조로 이렇게 말하는 소년이 있었다.

"전 이대로 놀이를 계속하겠어요."

이 소년이 후일의 비오 10세였다. 누가 뭐래도 지금 이 순간에 최선을 다하는 일은 노는 일이기 때문이다. 지구가 무너진대도 그렇다.

선가의 옛 말에 이런 구절이 있다.

'일일시호일(日日是好日).'

그날그날이 인생 최고의 날이란 뜻이다. 산다는 것은 꼭 행복한 것만은 아니다. 다만 주어진 순간에 최선을 다하고 거기에 보람을 느낄 때, 비록 괴로워도 그 인생에는 풍성한 하루가 주어진다.

베풀 게 있으면 오늘 베풀자.

'나중에'라고 하지만 그때는 이미 늦다.

인생은 연습이 아니련만.

넷.
운명을 관리할
책임

:

운명은 출발점이지
결승점이 아니다.

　　　　　　　　　　　사람은 제각기 다른 운명을 갖고
세상에 태어난다. 태어난다는 자체가 자기 의지와는 상관없는 운명
의 소산이다. 흑·백인종으로 태어나는 것도 그렇고, 같은 흑인이라
도 아프리카와 미국 중 어디에 태어났느냐에 따라 완전히 다른 삶
을 살아가게 된다. 선천적인 불구자로 태어나는 자도 있고, 건강한
신체로 태어나는 행운아도 있다.

　이렇게 타고난 운명은 제각각 앞으로의 인생에 지대한 영향을 미
친다. 사람들은 그래서 팔자타령을 한다. 기구한 운명을 타고났음
을 한탄하거나 모든 것을 운명의 장난으로 돌리고 체념하는 사람도
있다. 그러나 이는 운명의 의미를 잘못 해석한 것이다. 운명은 다르

게 태어나지만 운명이 인생을 결정짓는 절대적 요인은 아니기 때문이다. 운명이 나를 지배하는 시기는 아주 어린 시기에 불과하다. 철이 들어 자신에게 책임을 질 수 있는 나이가 되면 자신의 운명은 자신이 관리하고 책임져야 한다. 따라서 주어진 운명은 어쩔 수 없어도 이를 관리하는 책임은 나에게 있는 것이다.

늦어도 10대 후반이 되면 운명적 요소보다 의지적 요소를 더욱 탄탄히 단련시켜야 한다. 내게 주어진 것이 무엇이며, 주어지지 않은 것이 무엇인지 냉철히 분석해 이를 자기 인생 설계에 조화롭게 반영할 수 있어야 한다. 타고나지 못한 운명을 탓하지 말고 타고난 운명을 최대한 발휘하는 슬기와 의지가 필요하다.

물론 타고난 운명에 따라 출발점은 다르다. 부잣집에 태어나 자동차로 달리기 시작하는 사람이 있는가 하면, 절뚝거리며 걸어서 시작하는 인생도 있다. 비상한 재능을 갖고 출발선에 선 사람이 있는가 하면, 그렇지 못한 사람도 많다. 잘 생긴 사람, 못 생긴 사람……. 인간은 제각각 다른 운명을 타고나며, 출발점도 다르고 속도도 다르다.

이런 운명의 차이를 부인할 수는 없다. 불공평한 것도 사실이지만 내가 하고 싶은 말은 자신의 운명을 불평하지는 말자는 것이다. 운명이라는 거대한 힘이 나를 지배할 수 있는 시기는 인생의 출발점에서 몇 발짝밖에 되지 않는다. 어릴 적에는 운명이나 주어진 환경에 지배될 수밖에 없는 무력한 존재이지만 다행히 그 때는 운명이 불공평하다는 사실조차 인식하지 못한다.

팔자타령을 할 수 있는 나이가 되었다면 이미 당신은 운명의 지배에서 벗어나야 하는 시기다. 즉, 더 이상 운명만 탓해서는 안 된다는 것이다. 이젠 자기 운명도, 인생도 자기 의지로 관리할 책임이 있는 연령이 되었기 때문이다.

온 국민의 축복 속에서 태어난 왕자는 아닐지라도 유리한 지점에서 출발하는 인생도 드물지 않다. 특히 여자는 예쁘게 태어났다는 한 가지만으로 결정적으로 유리한 고지를 점할 수 있다. '예쁜 여자는 지적이고, 센스 있고, 세련미가 넘치며 부자일 것이다. 고로 그의 인생은 재미있을 것이다.' 많은 사람들이 사실 여부와 상관없이 이렇게 믿는 경우가 많다. 심리학에서는 이런 일련의 연상심리를 '후광 효과(Halo Effect)'라고 하며 경고한다.

여하튼 이게 우리가 미인을 보는 시각이다. '미'의 위력은 대단해서 그의 남편에게까지 확대된다. 미인과 함께 있는 남자는 -추남일 경우 더욱 그렇다- 돈이 많거나 능력이 아주 뛰어난 사람일 것이라고 생각한다.

미인은 어릴 때부터 어디를 가나 주목을 받는다. 그러나 이게 함정이다. 아름다움은 어느 수준까지는 올려주지만 그 자리를 유지해 주지는 않는다. 이를 유지, 향상시키는 것은 결국 자신의 의지와 노력에 달려있다. 껍질에 취한 미인은 속이 비어 있을 수밖에 없다. 그래서 그의 인생은 불안과 고독, 그리고 고통으로 막을 내리는 경우가 많다. 미스코리아 출신이 그의 미모를 팔아 사기꾼으로 몰려 징역형을 살게 되었다는 뉴스를 본 적이 있을 것이다.

잘난 운명도, 못난 운명도 이를 관리하는 책임은 자신에게 있다. 헨리 포드는 누구보다 가난하고 불우한 운명을 타고났다. 신체도 허약했고 말주변도 없었다. 하지만 그는 세기의 부호로 성장했다. '가난했기 때문에 부자가 되었다'는 그의 회고담은 우리에게 많은 교훈을 준다. 가난해서 부자가 되어야겠다는 의지가 더 강했던 것이다. 역경에 처한 운명일수록 이를 극복하려는 의지는 더욱 강해지는 법이다.

미국 아이오와대 생물학 교실에서 한 가지 실험을 했다. 작은 나무 상자에 밀 씨앗을 심고 물을 주니 싹이 트기 시작했다. 그런데 키만 자랐지 몸집은 너무 허약해 볼품이 없었다. 실험팀은 상자를 부수고 뿌리의 총연장을 측정했다. 가느다란 모근까지 재보니 그 길이가 무려 11,200km에 달했다고 한다. 서울-부산간 경부고속도로를 13번 왕복하고도 남는 길이다.

이 기사를 읽으며 나는 많은 생각을 했다. 비좁고 열악한 환경에서 그 밀은 살기 위해 필사적으로 노력했을 것이다. 한 치의 자양분이라도 더 흡수하기 위해 긴 뿌리를 모래 속으로 뻗어나간 것이다. 그 긴 뿌리는 밀의 투쟁의 결과이다. 기름진 땅에서 자란 혜택 받은 밀은 그렇게 긴 뿌리를 내릴 필요가 없을 것이다. 몇 개의 가지만 내려도 충분히 영양분을 흡수할 수 있기 때문이다.

어떤 역경에서도 삶을 이어간다는 것, 그리하여 살아있다는 것만으로도 그 생명체는 위대하다. 상자 속의 밀알은 화원의 아름다운 장미로 태어나지 못한 걸 한탄하지 않는다. 다만 그 속에서 뿌리를 내리기 위해 최선을 다할 뿐이다.

'미국을 이끄는 인물'을 분석한 한 조사에서 그들 대부분이 '불우

한 어린 시절'을 보냈다는 공통점이 발견됐다. 운명과 의지의 관계
는 불우한 운명일수록 의지가 더 강해진다는 함수를 갖고 있다. 따
라서 팔자타령만 하고 있어서는 안 된다. 운명은 출발점이지 결승
점이 아니기 때문이다. 재능을 타고나지 못했다고 지레 포기하고
바닥의 운명을 받아들이는 사람도 있다. 하지만 기억하라. 재능도
능력도 발전한다는 사실을!

운명보다 중요한 것은
주어진 운명을 100% 발휘할 수 있는 의지요, 슬기다.
운명은 극복하는 것이 아니라 이용하는 것이다.

다섯.

콤플렉스를
환영하라

:

**그냥 벗처럼
가까이하면 된다.**

　사람마다 콤플렉스는 제각각이다. 키가 작아 고민인 사람이 있는가 하면, 너무 커서 고민인 사람도 있다. 뚱뚱해서 고민인 사람, 너무 말라서 고민인 사람도 있다. 이러한 콤플렉스 때문에 심각한 열등감에 빠져 좌절, 실의, 그리고 심하면 자살까지 생각하기도 한다. 이 세상에서 자신이 가장 못난 사람으로 느껴지고, 콤플렉스 때문에 되는 일이 없다고 생각한다. 어떻게 보면 콤플렉스 때문이 아니라 콤플렉스로 자신감을 잃어 인생을 우울하게 만드는 것이다.

　많은 사람들이 콤플렉스로 고민하는 이유는 이 세상에 자신만이 이런 콤플렉스를 갖고 있다고 생각하기 때문이다. 남들은 다 괜

잖은데 나 혼자만 이렇게 못나 보일 수가 없다. 차츰 남과 어울리는 것도 꺼리게 된다. 고로 이 고민은 숨겨야 하며, 말을 할 수 없으니 가슴이 터질 것 같다. 이러한 일련의 심리 현상이 콤플렉스가 파놓은 병적인 함정이다. 여기에 빠지면 헤어날 길이 없다. 멋진 인생은 커녕 세속적인 출세도 하기 힘들다. 콤플렉스에 지면 인생에 지는 것이다.

그런데 당사자에게는 심각한 콤플렉스도 남들이 보기에 우스운 것이 많다. 심지어 남들에게는 부러움의 대상인 것을 콤플렉스로 여기는 사람도 있다. 이렇게 콤플렉스는 지극히 주관적인 것이다.

지금까지 살아오면서 내 별명은 대충 서른 가지쯤 된다. 어릴 때는 마음에 안 드는 것들이 많았다. 그 중에서도 가장 듣기 싫은 것이 '코보', '양코'라는 별명이다. 유독 큰 코 때문에 붙여진 별명인데, 중학교 동창들은 지금도 나를 그렇게 부른다.

난 그 소리가 그렇게 듣기 싫을 수 없었다. 코를 잘라 버릴까 하는 생각도 했을 정도다. 당시 성형수술이 성행하지 않았기에 망정이지, 내가 요즘 시대에 태어났다면 틀림없이 병원을 찾아가 코를 낮춰달라고 생떼를 썼을 것이다. 지금 생각하면 아찔한 일이다. 실제

성형외과에서는 이런 '엉터리 환자'를 설득시키느라 애를 먹고 있다고 한다.

　신기하게도 나이를 먹으면 예전에 콤플렉스로 여겼던 것이 대수롭지 않게 느껴지거나 오히려 자랑스럽게 여겨지기도 한다. 이 멋진(?) 코를 낮췄더라면 어떻게 되었을까. 제 잘난 맛에 우쭐대던 멋은 상상도 할 수 없는 일, 진짜 콤플렉스에 빠져 고민하고 있을지 모른다.

　하지만 콤플렉스는 두 얼굴을 가졌다. 콤플렉스는 전혀 다른 방향으로 작용하는 상반된 힘을 갖고 있기 때문에, 어느 관점에서 어떤 힘을 이용하느냐에 따라 인생의 승패가 갈린다. 중요한 것은 콤플렉스를 자기 패배의 길로 몰아가느냐, 아니면 자기 승리의 길로 이끄느냐의 문제다.

　사람은 본질적으로 강한 성질을 갖고 있어서 어느 한 면이 모자라다 싶으면 이를 보상, 해소하려는 강한 욕구를 갖고 있다. 인간에게는 신체적으로나 정신적으로 결함이 생기면 이를 보상해서 다시 평형 상태를 유지하려는 본능적 힘이 작용하기 때문이다. 고로 콤플렉스를 잘 이용하면 성장의 발판을 마련할 수 있다.

한편, 콤플렉스의 바닥을 들여다 보면 우월 욕구를 발견할 수 있다. 남과 비교해 열등의식을 갖는다는 것은 그만큼 우월의식이 강하다는 뜻도 된다. 우월의식이 없는 사람에게는 열등감도 없고, 콤플렉스도 없다. 따라서 콤플렉스가 있다는 것은 전진, 도약에의 용수철이 있다는 뜻이다.

역사적으로 '나폴레옹 콤플렉스'가 유명한데, 추남인데다 키도 작고 서민 출신인 나폴레옹에게는 당연히 강한 콤플렉스가 있었을 것이다. 하지만 그것이 그를 '나폴레옹'으로 만든 것이다.

일본도 마찬가지다. 일본은 심한 왜소 콤플렉스에 시달리고 있다. 그러기에 그들은 이를 극복하기 위해 힘을 키웠다. 세계 강국으로 우뚝 선 것도 왜소 콤플렉스로부터의 반동이다. 전후 독일이 유태인 학살에 용서를 비는 것과는 너무나 대조적인 일본. 그렇게 비좁고 편협한 왜소 콤플렉스로서는 '미안합니다'라는 진정어린 사과를 하기 쉽지 않을 것이다.

콤플렉스는 누구에게나 있는 것이다. 그러니 떨쳐버릴 생각도, 극복할 생각도 할 필요 없다. 환영하고 감사하며 그냥 벗처럼 가까

이 하면 된다.

대신 콤플렉스를 활용하라.
그로 인한 고민은 고통스럽지만 값질 것이다.

여섯.
일하는 기쁨

:

그 건강한 웃음은
오랜 세월이 흘러도 잊히지 않는다.

패인 씨가 놀란 부인의 손에 이끌려 응급실에 실려 온 것은 제법 쌀쌀한 이른 봄날로 기억된다. 마침 그 날 조간신문에는 70세가 된 패인 씨의 은퇴 기사가 한 면을 가득 채우고 있었는데, 응급실에 실려 오다니 참으로 아이러니한 일이었다. 신문에는 입사 시절 및 바로 어젯밤 은퇴파티에서의 영광스런 모습을 담은 사진들과 그가 반세기 가까운 세월동안 세계 굴지의 원체스터 회사의 중역으로서 어떻게 활동했는지 상세히 실려 있었다. 그러나 지금의 그는 어젯밤 그 당당하던 모습과는 너무나 대조적이었다. 횡설수설하는 것을 보면 여기가 병원 응급실인 것도 모르는 것 같았다. 누군가를 애타게 부르고 있는데, 찾는 이가 자기 비서라는 것은 나중에 알게 되었다.

부인의 설명에 의하면, 오늘 아침에도 그는 여느 때처럼 일찍 일어났다. 어젯밤 파티에서 늦게 귀가했지만 피곤한 기색도 없었다. 그런데 조간신문을 펼쳐들더니 그 때부터 부산을 떨기 시작했다는 것이다. 출근이 늦었다며 아침식사도 거른 채 옷을 챙겨 입고 출근길에 나서려 했다.

"여보 오늘부터 출근하지 않아도 돼요."

부인이 말렸으나 그는 막무가내였다. 어느새 부인의 눈에는 눈물이 글썽거리고 목이 메어 말이 나오지 않았다. 패인 씨에게는 은퇴했다는 사실이 충격이었던 것이다. 부인은 이미 그것을 알고 남편을 달래봤지만 소용없었다. 역정을 부리며 고함을 지르는 통에 어쩔 수가 없었다.

이러한 착란증으로 며칠 동안 병실이 시끄러웠다. 알아들을 수 없는 말로 명령을 내리기도 하고 때론 책상을 치며 흥분하기도 했다. 차츰 정신이 들면서 비로소 그가 은퇴했다는 사실을 받아들이기 시작했다. 하지만 그 다음, 그는 깊은 우울증에 빠져 말도 안 하고 식사도 하지 않았다. 전형적인 은퇴 우울증이었다. 부인과 의논해 그를 위해 일자리를 찾아보기로 했다. 은퇴 우울증에는 이것밖에 처방이 없다. 일한다는 것은 그에게 생명보다 더 소중한 것이었기에 일이 없다는 것은 자신의 존재 자체가 무의미해지는 것과 같다.

칠순 노인에게 일자리를 내주는 곳은 많지 않아 공원 청소부 일을 겨우 구했다. 과연 그가 이 일을 하겠다고 나설 것인지 걱정이었다. 하지만 그는 정말 좋은 생각이라며 흔쾌히 받아들였다. 그날부터 허리가 다시 꼿꼿해지면서 걸음걸이마저 활기차졌다.

부인은 여행사에 가서 세계일주 여행 계획을 모두 취소했다. 이들 부부는 몇 해 전부터 은퇴를 하면 그동안 가보고 싶었던 나라들을 돌아보리라 다짐했다. 어느 회사나 중역은 시간에 쫓겨 가장 노릇도 변변히 할 수 없다. 그래서 은퇴만 하면 아내를 위해 멋진 여행을 떠나기로 약속했던 것이다. 하지만 그의 은퇴 충격으로 이 모든 계획은 수포로 돌아갔다. 청소부 취직을 위해!

난 궁금했다. 과연 그가 그 일을 할까? 세계 굴지 회사의 중역이 공원 청소부라니. 어쩐지 말이 안 되는 것 같았다. 하지만 이튿날 출근길, 청소부 복장을 하고 벤치에서 쉬고 있는 그를 발견했다. 이미 깨끗이 공원 청소를 마친 후였는지 이마에 맺힌 땀을 훔치고 있었다.

저만치서 애들이 소리를 지르며 달려오고 있었다. 장난을 치는 통에 넘어질 것 같은 녀석도 있었다. 그럴 적마다 그는 손을 내밀어 잡아주는 시늉을 했다. 행여 넘어지랴, 그는 걱정스런 표정으로 아이들을 지켜보았다. 아이들이 숲 속으로 사라지자 그제야 나를 알아본 모양이다. 만면에 웃음을 띠더니 손을 흔들었다.

그 모습을 난 지금도 잊을 수 없다. 라일락 그늘 아래에서 땀을 훔치며 쳐다보던 그 건강한 웃음은 오랜 세월이 흘러도 잊히지 않는다.

나는 지금도 하는 일에 짜증이 날 때마다 그 날 아침 패인 씨의 웃음을 떠올리곤 한다. 장미보다 밝고, 라일락 향기보다 더 진한 그의 뭉클한 체취가 풍겨오는 듯 하기 때문이다.

어느 아파트 경비 모집에 과거 높은 자리에 계셨던 분들이 응모했다는 뉴스를 접한 적이 있다. 참으로 기분 좋은 소식이다. 일에 무슨 귀천이 있으랴. 자기가 할 수 있는 일을 할 수 있다는 것만으로도 우리 인생이 얼마나 풍요로운가. 미국의 텍사스 시장이 시카고에서 택시 운전을 해도 특별한 기사 거리가 될 수 없는 것이 서구 문화다. 이제 우리나라에서도 패인 씨의 건강한 웃음을 대할 수 있다니 반가운 마음이다.

　'전국노래자랑'의 장수 MC 송해 씨는 무대에서나 평소 생활에서나 청춘이다. 귀엽고(실례) 애교가 넘쳐 그를 볼 때마다 절로 힘이 난다.

　　　　라일락 향기 속의 싱그러운 5월의 새 아침.
　　　일하는 자는 푸른 오월처럼 언제나 늙지 않을 것이다.

노동과
레저의 차이

:

도시인들은 주말이면
산을 오르는 즐거운 바보가 된다.

시골 사람의 눈에는 도시의 등산객이 바보스럽게 보인다. 그 무거운 짐을 지고 어차피 내려올 산을 왜 그리 힘들게 올라가는지. 약초를 캐러 가는 것도 아니고, 그냥 올라갔다 내려오다니 세상에 저렇게 무의미한 일이 또 있을까 싶다.

그러나 도시인들은 주말이면 산을 오르는 즐거운 바보가 된다. 그 고된 일을 사서 하는 것이다. 하지만 같이 산에 올라도 안내하는 사람 입장에서는 괴롭기만 하다. 같은 등산인데 한 사람은 즐겁고 한 사람은 괴롭다. 이게 레저와 노동의 차이다.

비슷한 사례는 우리 주위에 얼마든지 있다. 즐거운 댄스도 손님일 때나 즐겁지, 밤마다 직업으로 추어야 하는 댄서에게는 괴로운 일이다. 그러니 신이 날 리 없다. 그냥 추는 척 할 뿐 지극히 기계적이다. 고로 세상에서 가장 싱거운 일 중 하나가 돈을 내고 댄서와 춤을 추는 일이 아닐까 생각한다.

테니스도 마찬가지. 직업 코치가 살 뺀답시고 찾아온 부인들을 가르치기 위해 공을 던져주고 있는 것을 보면 취미로 하는 이들과 의미가 전혀 다르다. 운동도 누구에게나 다 즐거운 것이 아니라 그것이 직업이라 생각하면 고달프고 따분할 수 있다.

하지만 그것을 즐기는 이들은 아무리 힘든 일을 해도 즐겁기만 하다. 예를 들어 산은 힘들게 오르는 데 즐거움이 있다. 앞 사람 발자국만 따라 마냥 오르지만 어려움을 참고 정상에 오르면 쾌감을 느낄 수 있다. 이렇게 괴로움을 참고 극복함으로써 긍지를 느끼는 것을 고행주의(Stoicism) 정신이라고 한다.

그러나 등산객 중에는 좀 다른 유형도 있다. 산을 오르되 물이 좋으면 거기서 쉬고, 주위의 경치도 두루 둘러보며 유유자적하게 오르는 타입이다. 이들은 정상에 오르지 못해도 그만이다. 바람소리, 새소리를 즐기며 도는 구비마다 달라지는 산경(山景)을 음미하는 데서 즐거움을 찾는다. 이는 쾌락주의(Epicureanism)정신이다.

당신이 어느 쪽이든 좋다. 등산은 힘든 일이지만 즐거운 일이기도 하다. 즐거운 만큼 피로물질의 분비나 피로감도 고행으로 여기는 이들에 비해 훨씬 적다. 같은 일을 해도 기분에 따라 나타나는 생리적 반응의 차이가 다르기 때문이다. 소변의 정밀분석 검사에서도 이런 피로물질의 종산물의 양은 그 사람의 기분에 따라 많은 차이가 난다.

우리가 입버릇처럼 피로하다고 하지만, 피로의 종류에는 세 가지가 있다.

첫째, 정신적 피로다. 이는 도시인들이 일상생활에서 흔히 경험하는 피로로 아주 기분 나쁜 불쾌한 피로다. 예를 들면 정신노동자들이나 고객을 왕처럼 모셔야 하는 감정노동자들은 심한 정신적 피로를 겪는다. 백화점은 모두가 행복한 사람들처럼 웃어야 하는 감성노동의 현장이다. 하지만 반말은 예사. 욕설에 폭행까지 당해도 직원은 참아야 한다. 이쯤 되면 감성이 아니라 감정노동이다. 서로가 즐거운 쇼핑이어야 감성노동인데 고객은 왕이라는 상술은 참으로 비굴한 감정노동을 만든다. 도시인의 피로는 가짜 피로이지만 이러한 정신적 피로가 가장 안 좋은 종류의 피로다.

둘째, 신체적 피로에 정신적 피로가 겹친 경우로, 등산 안내원의 피로 같은 것이다. 신체적으로도 지쳐 있을 뿐 아니라, 정신적으로도 하기 싫은 일을 억지로 해야 하는 부담감 때문에 심신이 지쳐 있는 상태다. 그러나 이 경우는 정신적 피로만 왔을 때보다 훨씬 부담이 적다. 왜냐하면 지치긴 해도 잠자리에 들면 숙면을 취할 수 있는 생리적 조건이 갖춰져 있기 때문이다. 따라서 한결 쉽게 피로를 회복할 수 있다. 일반적으로 육체적 노동이 여기에 속한다.

셋째, 신체적 피로만 온 경우로, 등산객이 노리는 기분 좋은 피로가 이것이다. 등산객에게 정신적 피로는 없지만 신체적으로는 아주 지친 상태다. 집에 돌아와 시원하게 목욕을 한 뒤 자리에 누우면 온몸이 나른하여 어디론가 깊숙이 빨려 들어가는 듯 하다. 마음이 한결 가벼워져 구름 위를 날아오르는 듯 한 상쾌한 피로다. 인간에게는 가장 만족스러운 순간이며, 건강한 상태라는 것을 의미한다.

만족이란 어쩌면 이렇게 지친 상태에서만 느낄 수 있는 건지 모르겠다. 레저는 대개 이런 기분 좋은 피로를 얻기 위해 하는 활동이다. 흔히 노동은 힘든 일이고, 레저는 멋있게 노는 일이라고 생각하는데 노동과 레저의 구분은 무슨 일을 하느냐의 차이가 아니라, 같은 일을 해도 마음의 차이에 달려있다.

　가령 하수구 청소도 기꺼이 하면 레저요, 비행기로 세계일주 여행을 해도 승무원에게는 노동이다. 한 조사에 따르면 가장 정신적 스트레스가 높은 직업이 비행기 승무원이라고 한다. 무슨 일을 하든 자신이 하는 일을 노동으로 만들어서는 안 된다. 기왕 해야 할 일이라면 어떤 마음으로 하는 것이 좋을지 재론의 여지가 없다.

내가 하는 일을 즐거운 레저로 생각하면
평생 노동을 하지 않아도 된다.

여덟.
몸살이 주는
선물

:

오랜만에 늦잠을 자보는 것도
몸살이 주는 선물이다.

몸이 나른하고 아무리 정신을 차려도 일의 능률이 오르지 않을 때가 있다. 그러다가 뼈마디가 욱신거리고 오싹한 기운이 들면 본격적으로 몸살이 시작된다. 하지만 현대사회에서 몸살이라고 마음 편히 쉴 수 있는 사람은 많지 않다. 특히 몸이 아파도 쉴 수 없는 직장인들은 아픈 몸을 이끌고 출근은 하되 요령껏 쉬면서 버티는 수밖에 없다. 그래서 나는 이를 '활동성 몸살'이라고 진단한다.

일주일을 겨우 버티면 주말에는 아주 녹초가 된다. 몸살이 맹위를 떨쳐 온 몸이 땀으로 범벅된다. 하지만 사람의 몸이 쇳덩이가 아닌 이상, 그렇게 무리를 했으니 몸살이 안 나면 그것이 이상한 일이다.

건강은 건강할 때 지켜야 하는 법. 그런데 사람들은 이 사실을 번연히 알면서도 뻗을 때까지 강행군이다. 그러다 몸져누우면 그제서 후회를 한다. '이제 나이도 있으니 건강을 챙겨야지.' 하지만 이는 누워 있을 때뿐이고, 털고 일어나면 다시 까맣게 잊어버린다. 그러고는 또 미련하게 KO될 때까지 몸을 혹사시킨다.

난 1년에 한두 번 몸살앓이를 연례행사처럼 겪곤 한다. 하루가 서른 시간만 되었으면 좋겠다고 생각할 만큼 바쁠 때도 있으니 몸살이 안 날 수 없다. 내 주변머리에 몸살이 겁나 일을 미루다간 될 일이 없다. 안 오면 좋겠지만 와도 어쩔 수 없는 일. 탁월한 재주가 없는 나로서는 열심히 하는 수밖에 살아갈 재주가 없기 때문이다.

난 열심히 한다. 이것만은 자신 있게 말할 수 있다. 그래서 몸살과 난 어차피 가까운 사이가 될 수밖에 없다. 덕분에 '몸살학(學)'에 대해선 내 나름의 일가견이 있다. 몸살이 오면 온몸 어느 한 구석 안 아픈 데가 없어 손 하나 까딱하고 싶지 않다. 아니 그럴 기력도 없다. 그래서 사람들은 죽겠다고 하지만, 난 그러기에 몸살이 좋다. 쉴 수 있기 때문이다. 이거야말로 멋진 휴식이 아닌가. 사실 몸살의 본뜻은 여기에 있다. 열심히 살았으니 쉬라는 뜻이다. 몸살을 앓게 되

면 식욕도 사라지는데, 식욕이 있으면 미련한 친구가 먹고 또 일하
러 나갈 테니 아예 식욕마저 없애버리는 것이다. 이러한 본능적 방
어가 몸살의 의미다.

오랜만에 늦잠을 자보는 것도 몸살이 주는 선물이다. 눈을 뜨고
도 이불 속에서 뒤척거려 보는 이 한가로움. 쫓기는 기분도, 막연한
죄책감도 없이 느껴보는 이 느긋함. 몸살을 앓지 않고서는 맛볼 수
없는 기분이다.

오랜만에 온갖 공상을 해볼 수 있는 것도 즐거운 일이다. 이때 나
는 바삐 달려온 나의 인생길을 뒤돌아본다. '나의 인생에 어떤 의미
를 부여할 수 있을까?' 몸살은 우리를 철학자로 만든다. 인생을 관
조해볼 수 있는 여유, 그리고 미래를 설계하는 시간, 이 귀중한 것들
을 몸살의 축복이 베풀고 있는 것이다.

참 이상하게도 근년에 와서 난 몸살을 졸업한 것 같다. 얼마 전 오
랜만에 몸살을 앓았는데 가만히 누워 생각하니 내가 마지막 몸살을
앓았던 적이 언제인지 기억이 나질 않았다. 달력을 뒤적여보니 30
년 만에 처음이다. 이럴 수가. 나의 살인적 일과(이것은 과장이 아니다)

는 그때나 지금이나 달라진 게 없는데 어떻게 감기 몸살 한 번 앓지 않고 30년을 무사히 버텼을까. 게다가 걸핏하면 터지는 입몸살(구내염)도 한 번 도진 적이 없다. 확실한 의학적 해답은 없지만 자연의학을 공부한 이래 달라진 생활습관이나 마음가짐에서 비롯된 게 아닌가 싶다.

어쨌든 몸살은 1년에 한두 번 앓는 것이 좋다. 그래야 몸의 저항력도 키울 수 있다. 몸이 아파 몸져누워 보지 않은 사람은 건강이 얼마나 값지고 소중한 것인지 알 수 없다. 몸살을 앓고 일어난 후에는 하늘을 날 듯 몸이 가뿐해진다. 인생을 화끈하게 살고자 하는 사람이라면 몸살 예찬론에 공감할 수 있을 것이다.

몸살 한 번 앓아 보지 않은 사람은
물에 물 탄 것 같은 인생이라 인생의 참맛을
알지 못할 것이다.

아홉.
돌아서
가는 길

:

외길 따라 내려오노라면
계곡이 점점 깊어져 하늘이 보이지 않는다.

우리나라에서 여름 휴가지로 가
장 인기가 많은 곳은 동해다. 서울에서 강릉 바다를 보려면 아슬아
슬 대관령을 넘어야 하는데 휴가철에는 도로에 갇힐 각오쯤은 하고
떠나야 한다. 그래서 옛 길을 권하는 것은 아니지만, 백두대간 정상
에 걸터앉아 멀리 동해와 발아래 웅장하게 펼쳐진 산세를 바라보노
라면 가슴에 호연지기가 요동치는 것을 느낄 수 있다. 그것만으로
도 도시를 떠난 상쾌함을 맛볼 수 있다. 천천히 차를 몰아 구불구불
고갯길을 내려가면 길을 가로지르던 다람쥐가 신기한 듯 쳐다본다.
한적한 길이기에 이놈들도 차를 볼 일이 많지 않기 때문이다.

조금만 내려오면 반정터를 만나게 된다. 그곳이 제일 전망이 좋은 곳이다. 잠시 쉬었다 구비마다 다르게 펼쳐지는 경관을 즐기면서 그대로 내려가는 것도 좋고, 아니면 차는 다른 가족에게 맡기고 아이와 함께 괴나리봇짐을 지고 내려가던 옛 사람들의 옛 길을 따라 내려가 보는 것도 색다른 맛이다.

여기가 진짜 대굴령이다. 대굴대굴 구른다 해서 붙여진 대관령의 옛 이름이다. 서낭당, 그리고 신사임당이 어머니를 남겨 두고 서울의 남편을 찾아가면서 차마 발길을 떼지 못했던 간절한 사친시(思親詩)비에서 걸음이 멎는다. 외길 따라 내려오노라면 계곡이 점점 깊어져 하늘이 보이지 않는다. 위용을 뽐내고 서 있는 적송을 올려다 보니 숨이 멎을 것 같다.

어슬렁어슬렁 걸어 한 시간 남짓 가면 삼포암을 지나 대관령박물관으로 길이 열린다. 박물관장의 설명을 청해들어라. 조상의 생활 유품 이야기를 맛깔나게 들려 줄 것이다. 그럴 즈음이면 새 길이 나면서 단절된 역사의 숨결이 다시 이어져 오는 흥분에 젖게 될 것이다.

시원스레 곧게 뚫린 도로는 편리하고 빠르다. 하지만 거기에는 길을 가는 맛도, 멋도 없다. 옛 길에는 옛 사람의 정한이 서려 있고, 강줄기처럼 땅이 생긴 모양대로 산모퉁이 따라 굽이굽이 자연스레 열려 있어 한국적 정취가 물씬 나는 법이다.

이렇게 아름다운 옛 길에 새 길이라는 폭군이 난도질을 해놔 옛 모습은 찾아 볼 수 없다. 역사도 문화도 없는, 참으로 멋없는 길이 되어 못내 아쉽다.

미국은 땅덩이가 넓어서인지 역사적인 길이나 경관이 좋은 길은 '관광로'로 정해 그대로 보존하고 있다. 새 길을 내기 위해 옛 길의 역사나 전통을 헐지 않는다. 하지만 우리는 새 길이 나면 옛 길 따라 생긴 온갖 문화시설이 고스란히 폐허가 되어 버린다. 환경뿐 아니라 문화와 역사도 모조리 망가진다. 엉뚱한 생각이지만 이제 충분하니 도로공사는 없어져도 되지 않을까.

다시 대굴령으로 돌아와서, 재가 끝날 즈음이면 어흘리를 만나게 된다. 어흥! 호랑이가 먹고 남긴 것만으로 먹고 살 수 있다는 넉넉한 마을이다. 어떤 노인이든 붙잡고 이야기를 청하면 한두 가지 옛날이야기를 들을 수 있다.

거기서 정선 방향, 우측으로 차를 몰면 왕산 폐교 뜰에 젊은 조각가 부부의 작품들을 만날 수 있다. 그곳에는 예술가들의 작품들이 어우러져 환상적인 예술촌을 형성하고 있다.

그 길을 따라 산을 넘으면 정동진으로 갈 수도 있지만, 어흘리에서 강릉으로 들어가는 길목의 시골장도 그냥 지나칠 수 없다. 주부가 아니라도 대관령 산나물에 침이 넘어간다. 하지만 욕심이 난다고 바구니채 떨이를 할 생각은 말기를. 할매는 거기 앉아 오가는 사람구경을 하며, 팥죽도 사먹고 해야 하는데 그 낙을 한목에 앗아가서는 안 될 일이다. 그리고 할매가 몽땅 팔지도 않는다.

감주 장수 꼬부랑 할매는 아들이 미국 유학 중이라며 대단한 기염이다. 뒤에 3층짜리 자기 집을 두고 노점에서 과일을 파는 할매는 맨손으로 노루를 잡은 관록이 있다. 해질녘이면 대학 교수 아들이 차를 몰고 채소 행상 노모를 모시러 온다. 어찌 이곳을 그냥 지나치랴.

모로 가도 서울만 가면 된다는 말이 있지만, 우린 너무 목표 지향적이다. 빨리 목적지에 도달해야 한다는 강박증적인 집착에 빠져 있다. 얼마나 빨리 가느냐가 아니라 어떻게 가느냐가 중요한데도 말이다. 여행을 떠날 때는 목적지까지 어떤 길로 갈 것인지, 그리고 무엇을 보고 즐길 것인지도 함께 고민해야 한다. 사실은 여기에 더 중점을 두고 생각해보는 것이 여행의 참맛이라고 생각한다.

어디를 가든, 무슨 일을 하든
빨리 가는 것보다 어떻게 가느냐가 중요하다.

열.
삼대의
여행

:

그는 어머님 손을 잡고는
엄지손가락을 들어 올렸다.

옐로우스톤 공원의 간헐천(Gey-ser)은 참으로 신비스럽다. 땅에서 솟아오르는 온천수가 여기저기 흩어져 일대 장관을 이루는데, 크기도, 모양도, 색깔도 다양해서 손바닥만 한 것, 김만 무럭무럭 솟아오르는 것, 소리를 뿌럭뿌럭 내는 것, 노란 유황색, 파란 비취색 등 그야말로 각양각색이다. 바로 이웃한 것끼리도 이렇게 성분이 다르다니 지하에서 일어나는 온갖 조화가 신비로울 뿐이다.

이 곳은 지대가 불안정하기 때문에 난간을 길게 연결해 구경하게 돼있다. 우리 일행은 어머님의 휠체어를 필두로 아주 큰 무리를 이루며 다녔다. 드디어 물줄기가 하늘로 치솟는 간헐천 앞에 이르렀다. 여기는 약 1시간 주기로 간헐천이 폭발하면서 물줄기가 까마득히 높은 곳까지 치솟는다. 많은 사람들이 이 경이로운 순간을 지켜보기 위해 기다리고 있었다.

우리 바로 옆자리에는 60대 후반쯤으로 보이는 부부가 앉아 있었다. 우리를 보고 느닷없이 한국 사람이냐고 묻더니 대답도 하기 전에 그럴 줄 알았다고 자문자답했다. '참으로 부러운 민족'이라며 아주 감격스런 눈으로 우리를 쳐다봤다. 자기는 일찍 어머님을 여의었기 때문에 우리 형제들이 그렇게 부러울 수 없다는 것이었다. 많은 형제들이 모여 자기 아이들과 휠체어에 어머님을 모시고 구경 다니는 사람들이 또 어디 있겠느냐며 한국인의 전통이 참으로 아름답고 훌륭하다고 칭찬했다.

"어머님을 모시고 다니는 지금 이 순간, 당신들은 세상에서 가장 행복한 사람이라는 사실을 잊지 마시오."

그의 표정은 이제 감격을 넘어 무언가를 간곡하게 당부하는 듯했다. 자기도 아들이 하나 있지만 영국에서 교사 생활을 하느라 크리스마스카드만 보낼 뿐, 얼굴은 보기 힘들다고 했다. 거기다 애도 낳지 않으니 손자 안아 보는 감격도 누려볼 수 없다는 것이었다.

"이제 우리 대는 끝났습니다."

그의 눈에 눈물이 괴기 시작했다. 이 때까지 우리는 한 마디도 할 수 없었다. 드디어 부인이 왜 또 주책을 떠느냐고 나무랐다.

그러는 순간 간헐천이 터졌다. 사람들의 탄성과 함께 갑자기 땅 속에서 뜨거운 물줄기가 까마득히 하늘로 치솟았다. 참으로 경이로운 장관이 아닐 수 없었다. 몇 분간을 그렇게 뿜어대더니 다시 세력이 약해지자 사람들도 흩어지기 시작했다. 우리도 그 외로운 노부부를 남겨둔 채 숙소로 향했다. 그는 어머님 손을 잡고는 엄지손가락을 들어 올렸다. 뜻이나 아는지 우리 어머님이 '땡큐'라고 해서 모두들 한바탕 웃었다.

그리고 돌아오는 길, 참으로 이상하게도 우리 형제들은 모두 말을 잊었다. 하지만 각자 가슴속으로 똑같이 느꼈을 흐뭇함이 있었으리라. 순간 우리가 걸어왔던 험난했던 지난날들이 머리를 스치고 지나갔다. 이렇게 함께 모일 수 있다는 것, 그리고 어머님과 함께 여기까지 올 수 있었다는 것, 우린 참으로 행복한 사람이구나 하는 감격이 새삼 우리들 가슴을 고동치고 있었다. 내가 윤제균 감독의 '국제시장'이라는 영화를 보면서 그렇게 울었던 것도 이런 정서가 우리 세대에 깔려 있기 때문일 것이다.

주변을 둘러보니 이렇게 삼대가 어울려 큰 무리로 다니는 사람들은 우리뿐이었다. 미국의 관광객들은 핵가족도 아닌 핵부부가 대부분이다. 어쩌다 가족으로 보이는 사람도 많아야 넷이었다. 우리처럼 열다섯의 대식구는 단체 여행이 아니고는 상상도 할 수 없는 일이다. 피크닉 테이블도 우리 가족에게는 세 개나 필요했다. 숙소를 정할 때도, 식사 한 끼에도 의견이 분분했다. 애들은 햄버거를, 우리는 김치찌개를 고집했다. 그 부산한 중에도 찌개에 밥을 해야 하니, 구경보다 먹는 일이 더 거창해 때로는 대식구가 거추장스럽게 느껴졌다.

하지만 우리는 즐거웠다. 가족들이 한 데 모여 식사를 하는 일은 평범한 일상 같지만 이보다 소중한 일도 없다. 대조적으로 서구 사람들은 너무 외롭게 보였다.

한때 미국에서는 'T-그룹', '앤카운터그룹'이라는 집단 치료가 대유행한 적이 있다. 베트남전쟁을 전후로 사람들은 모두 '외롭다'는 배지를 달고 다녔다. 주말이면 호텔 등을 빌려 열 명 안팎의 사람들이 상담자를 중심으로 이야기를 나눈다. 무슨 이야기든 좋다. 가슴과 가슴을 열고 좀 더 가까이 다가가는 것이 이 모임의 취지다. 치료비도 엄청 비쌌다. 하지만 수많은 '외로운 사람들'이 이런 집단에 모여들었다. 치료자 입장에선 '고독'을 팔아먹고 사는 사람이 된 셈이다. 이제 그런 열기는 수그러들었지만 아직도 외로움의 그림자는 미국 사회에 짙게 깔려 있다.

한국에 고문 변호사로 온 적이 있다는 그 노신사의 뒷모습에서 우리는 참으로 행복한 사람이라는 것을 새삼 느꼈다.

간헐천보다 더 뜨거운 정의 샘이
우리들 가슴마다 솟아올랐다.

열 하나.

풍요로
잃는 것

:

나는 지금도 도시락 속의
달걀 반쪽을 잊을 수 없다.

부부는 고학으로 대학을 겨우 마쳤다. 경제적 형편 때문에 천재라 불리던 남편은 대학원 진학과 외국 유학을 포기하지 않으면 안 되었다. 산다는 일이 너무나 벅차던 시절이었다. 두 사람은 연애시절부터 자식만은 마음껏 공부할 수 있도록 힘껏 지원해주자고 다짐했다. 그래서 자리를 잡을 때까지 아이를 갖지 않았다.

열심히 일한 덕분에 가내수공업에서 출발한 장난감 같은 공장이 제법 중소기업으로 성장했다. 첫 아이가 태어난 것은 그즈음이었다. 사업이 번창하고 있어 눈코 뜰 새 없는 나날을 보내고 있었지만 늦게 본 첫 아이에 대한 사랑은 남달랐다. 아이도, 사업도 부부의 정성으로 무럭무럭 자랐다.

아이가 중학교를 졸업할 때까지만 해도 공부도 잘하고 별 문제 없었다. 그가 비뚤어지기 시작한 것은 고1 때부터였다. 불평불만이 많아지더니 말대꾸를 하고 반항도 했다. 흔히 있는 '이유 없는 반항' 이려니 생각하고 큰 걱정은 하지 않았다. 하지만 가출 사건 이후 문제가 심각해졌다.

부부는 아이와 함께 상담실을 찾았다. 이야기를 듣고 난 그 상담 선생님은 애정결핍증이라고 진단했다. '애정결핍이라니!' 부모는 뭐가 모자라 애정결핍이라는 것인지 받아들일 수 없었다. 아이에게 필요한 것은 다 해줬는데 무엇이 부족했단 말인가. 어릴 적에는 장난감부터 동화책, 위인전집, 그리고 운동기구에 이르기까지, 아이의 발육과 성장에 필요한 것은 모두 사줬다. 물질적인 지원만 있었던 것은 아니다. 바쁜 시간을 쪼개 함께 저녁을 먹고, 일요일에는 같이 교회나 나들이도 다녔다.

그렇다고 자녀를 과잉보호 속에서 무조건 해달라는 대로 들어주며 키운 것도 아니다. 적절히 절제와 통제도 가르쳤고, 따끔하게 혼을 내야 할 때는 매를 들기도 했다. 단지 아이에게 필요하다고 판단되는 것은 아낌없이 다 해주었으며, 사랑으로 키웠다는 것이다.

　나도 이들이 얼마나 진실하고 성실한 부모이었는지 잘 안다. 사업상 바쁘다는 핑계로 애들 얼굴조차 들여다보지 못하는 여느 부모와는 달랐다. 진심으로 아이를 사랑하는, 나무랄 데 없는 모범 부모였다.

　그렇다면 그 상담 선생님의 의견이 잘못된 것일까? 내 생각에는 그 진단도 옳다. 아무리 부모의 애정이 넘쳐도 아이가 부모의 애정을 느낄 수 없다면 결과적으로 애정결핍증인 것이다. 안타깝게도 부모의 애정이 아이에게 제대로 전달되지 못한 것이다. 문제는 애정을 전달하는 방법이다. 이것이 요즘 잘사는 집의 고민이다.

　나는 지금도 도시락 속의 달걀 반쪽을 잊을 수 없다. 뚜껑을 연 순간, 난 눈이 번쩍 뜨였다. 비록 반쪽이긴 했지만 도대체 이게 웬 횡재인가. 달걀 반쪽에 엄마의 정이 가슴 깊이 스며드는 것을 느낄 수 있었다. 요즈음 아이들에게도 달걀 반쪽이 신통한 효험을 발휘할 수 있을까? 아마 콜레스테롤이 많다고 구박이나 할 것이다.

　옷장이나 신발장을 열어 보면 그 가짓수에 놀라게 된다. 원하는 것은 언제나 쉽게 손에 넣을 수 있으니 아이에게는 아쉬운 게 없다. 가진 것이 많은 사람은 가진 것을 당연한 것으로 생각한다. 이러한 당연심리에 빠지면 하나 더 가졌다고 행복해지지 않는다. 소중함과 감사의 마음을 알지 못하기 때문이다. 그래서 부모의 애정도 느끼지 못하는 것이다.

이런 아이들에게 무엇을 해줘야 기뻐할까. 어떻게 해야 애정이 전달될 것인가. 부모가 애정이 부족해 표현을 하지 못하는 것이 아니라, 아무리 잘 해줘도 아이들에게 전달되지 않는 것이 문제다. 애정결핍이라기보다 애정전달 곤란증이다. 우리 모두 잘살기 위해 열심히 뛰고 있다. 하지만 가난이 물러갈수록 우리의 마음은 더욱 가난해지고 있다.

젊을 때 가난하게 살면 작은 것에 감사하고 행복해지는 법을 저절로 알게 된다. 그래서 나이가 들수록 가진 것과 상관없이 삶이 더욱 풍요로워진다.

하지만 물질의 풍요는 정신의 황폐를 가져오고 있다.

열 둘.

옛것이
좋은 이유

:

그 오래된 길을 걸으며
나는 그 오래된 시대를 생각한다.

내가 아는 사람은 지난해 핸드폰을 네 번이나 바꿨다. 새로운 모델이 나올 때마다 바꾸지 않고는 못 배기는 성미 탓이다. 올해는 또 몇 번이나 바꿀지 모르겠다.

시장에는 하루에도 셀 수 없이 많은 신제품들이 쏟아져 나온다. 남들보다 앞서 신제품을 향유하려는 사람을 '얼리어답터'라고 하는데, 우리나라 젊은이들은 다른 나라 젊은이들보다 새로운 것에 대한 호기심이 왕성한 편이다. 그래서 국내 시장은 유명 글로벌 기업들의 테스트 시장으로 활용되고 있다.

예전에 영국에 갔을 때 우리와 너무 대조적인 모습에 깜짝 놀란 적이 있다. 우리나라에서는 박물관에나 전시돼 있을 법한 구식 핸

드폰을 쓰는 사람들이 많았기 때문이다. 하지만 난 그 모습에서 일
종의 위엄을 느꼈다. 영국식 보수주의적 기풍이라고 할까? 깊이와
무게, 권위 같은 것이 느껴져 솔직히 존경심마저 들었다. 그에 비해
유행을 쫓아 새것만 찾는 우리 젊은이들이 어쩐지 경박스러워 보이
기도 했다.

"무슨 소리를 하는 거야? 그런 착한 소비자가 있기 때문에 우리
핸드폰 산업이 세계시장을 석권할 만큼 성장한 게 아닌가? 그런 낡
은 시각으로 세상을 보지 말게나." 무역업을 하는 내 친구는 이렇게
충고했다.

그러고 보니 그런 측면도 있다. 하지만 그래도 난 복고풍 향수를
간직하고 싶다. 모두들 새 아파트가 편리하고 좋다고 하지만 나는
대대로 물려받은 옛집의 소중함을 아는 사람이 부럽고 존경스럽다.
새소리, 물소리, 바람소리……. 천년이 가도 변하지 않는 것들이 옛
날 그대로 있다는 것은 우리에게 얼마나 큰 위안이며 즐거움인가.

우리 집 부엌에는 할머니가 쓰시던 아주 오래된 참기름 병이 있
었다. 파란색 그 병이 우리 집에 언제부터 있었는지 정확히 아는 사

람은 없다. 족히 70년은 더 되었으리라. 그런데 아내가 실수로 깨뜨리고 말았다. 또 한 번 할머니를 잃은 듯 마음에 허전함이 밀려왔다.

그 파란 병은 긴 세월, 가난한 우리 부엌에서 가장 반짝이는 보물이었다. 할머니는 참기름 한 방울도 소중히 아끼고 아끼며, 우리들은 함부로 만지지도 못하게 했다. 그런 정성으로 할머니의 손때 묻은 그 병은 언제나 윤이 반지르르 흘렀다. 그 병을 매만지며 가난한 부엌을 꾸려야 했던 할머니의 주름진 얼굴이 지금도 눈에 선하다.

'공예품은 쓰는 자가 완성한다'라는 말이 있다. 상품이든 작품이든 내 손에 들어올 때는 미완성 상태다. 내 손때가 묻고 아끼며 은근한 눈길로 바라보고 애정을 쏟아야, 그리고 세월이 흘러야 비로소 완성품이 되는 것이다. 그러는 사이 쓰는 사람의 혼이 담겨 생명력을 갖게 된다.

고즈넉한 고택이나 옛 정취를 그대로 품고 있는 구시가지의 골목길에 들어서면 왠지 모를 안락함에 마음이 편안해짐을 느낄 것이다. 눈길이 닿는 곳마다 사물들이 겹겹의 시간동안 쌓아 놓은 이야기들을 한 보따리씩 늘어놓는다.

선마을 뒤쪽에도 상수리나무가 우거진 오솔길이 있다. 그 오래된 길을 걸으며 나는 그 오래된 시대를 생각한다. 볕 좋은 가을날, 낙엽을 벗 삼아 길 위에 차곡차곡 쌓인 전설 같은 옛날이야기들을 상상하며 유유자적하는 일은 재미난 책에 비할 바가 못 된다.

그래서인지 오래된 옛집, 낡은 가구들과 함께 자란 아이들은 깊이와 무게에서 무언가 다른 점이 있다. 그 고풍스런 분위기 속에서 깊은 인생을 배우게 되기 때문이다. 아니 배우기보다 절로 몸에 밴다고 하는 것이 정확할 것이다.

단지 옛것에 대한 향수를 말하는 것이 아니다.
내가 가진 것에 대한 작은 애착을
소중히 여기자는 것이다.

열 셋.

대구 감
예찬론

:

감이 익어야 비로소
시골 풍경이 풍성해진다.

"역시 한국이야!"

큼직한 여행가방을 내려놓으며 그는 아주 감격에 찬 표정으로 말했다. 50대 후반쯤으로 보이는 미국 신사였다. 옆에서 어리둥절한 표정으로 쳐다보는 나에게 대구 사느냐고 물어왔다. 대구행 비행기라 그러는가 보다 싶어 고향이라고 답하니까 그는 더욱 반가운 기색으로 자기도 반은 대구 사람이라는 것이었다. 지금은 은퇴해 하와이에서 살고 있지만 젊은 시절에 두 차례나 대구에서 근무한 적이 있다고 했다.

"나는 한국을 좋아합니다. 한국에 관한한 싫은 것은 하나도 없습니다. 택시를 빼고 말입니다(하하). 특히 한국의 가을은 세계 어디에서도 볼 수 없는 아름다움의 극치입니다. 거기다 맛 좋은 감과 배를 먹을 수 있으니 더 바랄 게 없습니다. 감은 대구 감이라야 합니다. 그래서 가을이 오면 대구 감이 먹고 싶다고 어린애처럼 투정을 부리곤 하죠."

그는 입맛을 두어 번 다시더니 두 눈을 지그시 감았다. 설은 객지 생활에서 드디어 고향에 돌아와 안도의 숨을 내쉬는 듯 한 그의 얼굴에는 평화로움마저 감돌았다. 나이답지 않게 천진난만한 얼굴이었다.

감을 쫓아 가을바람을 타고 멀리 하와이에서 날아온 이방인이었지만 전혀 낯설지가 않았다. 그래서인지 짧은 대화임에도 마치 십년지기 친구처럼 가깝게 느껴졌다. 그러나 한편으로는 한국 감이 좋아 태평양을 건너왔다는 이 초로의 신사가 마치 영화 속 주인공처럼 느껴지기도 했다.

한국 감 맛이 그렇게 좋았나? 내가 묻기도 전에 그의 감 예찬론이 시작되었다. 미국에서도 구하려 하면 구할 순 있지만 맛이 없고 운치가 없다고 했다.

한국 감은 먹는 맛보다 나무에 달린 것을 보는 맛이 더 좋다. 가지마다 주황색 복주머니가 주렁주렁 매달린 그 오묘함이란 말로 다 표현할 길이 없다. 구부러진 돌담 아래 볏단이 쌓이고, 저녁 연기 아련히 피어오르는 석양 하늘을 배경으로 알알이 익은 감을 쳐다보는 풍치는 참으로 감격스럽다. 감이 익어야 비로소 시골 풍경이 풍성해진다. 감나무가 없는 집은 왠지 썰렁하고 가난하게 느껴진다.

이렇게 멋있고 맛있는 과일이 전문 과수원이 아닌 어디서나 훌륭하게 결실을 맺는다는 것이 신기할 따름이다. 뒤뜰, 앞뜰, 산비탈 아무 곳에서나 감은 익어간다. 과수원에서처럼 줄지어 선 것도 아니다. 제멋대로 늘어선 감나무는 구속감이 없어 더욱 좋다. 사람의 손길을 거부하고 자연 그대로 자라, 있는 그대로 익는다.

감 하나마다 태고적 옛이야기들이 소복이 담겨 있다. 비료를 주고, 농약을 뿌리고 봉지에 싸서 키운 것도 아니다. 감은 그저 타고난 대로 익어갈 뿐이다. 그래서 감은 생활력이 강하다.

늦가을 찬 서리에도 게으른 까마귀를 기다리며 태어난 몫을 다하고 있다. 여름내 푸른 잎들에 가려 보이지 않았던 감. 있어도 없는 듯, 없어도 있는 듯 감은 좀처럼 얼굴을 내밀지 않는다. 잎들이 지고 모든 추수가 끝난 들녘에 그제야 성숙한 모습으로 가을 하늘에 찬

연히 나타난다. 그때까지 우리는 참고 기다려야 한다.

이러한 감의 생리가 꼭 대구 사람을 닮았다는 것이다. 옆에 있어도 없는 듯하고, 과묵하지만 불 같은 정열을 안고 있는 게 대구 사람이다. 그래서 처음에는 별 재미도 없고 그저 그렇지만 오래 사귈수록 구수한 인간미가 배어난다. 정말 천천히 익어가는 게 대구 사람의 인정이다. 그때까지 서둘지 말고 차분히 기다려야 한다. 감이 익기를 기다리듯이. 이런 연유로 그가 감 중에서도 대구 감을 고집하는 것이다.

가을, 감, 그리고 대구 사람, 어느 하나가 빠져도 멋이 없다. 이렇게 아름다운 계절, 대구의 감을 바라볼 수 있다는 것은 하늘이 내린 축복이 아닐 수 없다.

비행기가 닿았나 보다. 이제 그의 흥분은 최고에 달했다. 많은 대구 친구들이 기다리고 있을 것이다. 흥분을 가라앉히려는 듯 나더러 먼저 나가라고 했다. 워낙 짧은 비행이긴 했지만 그의 대구 감 예찬론이 거기서 끝난 것이 못내 아쉬웠다.

'잘 다녀가세요, 칼 밀러 씨. 당신 말대로 나도 이번엔 시골 고향

마을을 다녀왔습니다. 감이 익어가는 산비탈에서 새삼스레 당신의
예찬론을 되뇌고 있습니다. 참으로 소중한 보물을 되찾게 해주신
당신에게 감사를 드리면서.'

천혜의 고장에서 태어난 것을
진심으로 감사히 여겨야겠다.

열 넷.
강한 남성상에
고하는 글

:

강한 남성상은
이상이지 현실이 아니다.

여성들은 백마를 탄 기사가 홀연히 나타나 그 억센 팔로 자기를 끌어안고 무지개를 넘어가 주리라는 꿈을 꾼다. 아폴로신의 총명과 용맹을 갖춘 그런 백마 탄 기사에 대한 꿈은 누구에게나 있다. 그 꿈속의 기사를 찾아 헤매다 늦게까지 결혼을 못하는 여성도 적지 않다. 많고 많은 남자들 중에서 그런 기사를 찾는 것이 쉬운 일은 아닌가 보다. 그래서 백마 탄 기사를 찾다 지쳐서 반쯤 눈을 감은 채 결혼하고 마는 여성도 많다.

그러나 꿈을 잊거나 버린 것은 아니다. 그저 현실이라는 이름 아래 짐짓 묻어두었을 뿐. 그래서 그 꿈이 꿈틀거릴 때마다 때론 불만스럽고, 때론 후회되고, 괴롭기도 하다. 더욱 '불행한' 일은 중년의 고개를 넘어도 그 꿈이 문득문득 고개를 쳐든다는 것이다. 그래서 중년 부인들은 드라마 속의 젊은 남자 주인공을 보며 열망을 해소한다.

유약한 남자와 결혼한 여자들은 골골거리는 허약체질의 남편을 볼 때마다 아폴로신의 그 우람한 육체를 떠올린다. 별일도 아닌 일에 어쩔 줄 몰라 벌벌 떠는 그를 볼 때에도 그렇고, 작은 일 하나도 결정하지 못해 우유부단하게 흔들리는 것을 보노라면 정말이지 답답할 때가 한두 번이 아니다. 남자가 호탕한 면도 있어야지 저렇게 물러서야 어디 남자인가?

알코올 중독자까지는 아니더라도 남편의 횡포에 시달리는 아내들은 복에 겨운 소리라고 말할 것이다. 하지만 평생 꽁생원과 함께 살아야 하는 답답한 여자 입장에서는 융통성이라곤 전혀 없는 소심한 월급쟁이가 답답하게 보일 수 있다. 큰소리 한 번 못 치고 눈치만 보느라 위축된 모습이 가련하기도 하지만, 저렇게 소심하면 평생 가물거리는 인생을 살다 갈 것이다. 특히 남성적인 기질을 타고난 여자들은 이런 남자를 참기 힘들어 한다.

생각할수록 불가사의한 것이 여자의 욕심이다. 그런 가정적인 착실한 남편을 부러워하는 여자도 참 많은데 말이다. 기복이 없는 생활이 답답하게 느껴지겠지만 살던 집을 내놓고 월세 방을 전전하거나 때론 생활전선에 직접 뛰어들어 남편 뒷바라지를 해야 하는 사업가의 아내들은 안정적인 생활을 꿈꾼다.

알려진 재벌들도 뒷 그늘에는 이렇게 역경을 이겨낸 눈물겨운 아내의 투쟁이 있다. 재기를 해서 고생이 영광으로 승화될 수도 있지만, 불행히 영영 빚더미에서 헤어 나오지 못하고 그늘진 골목으로 쫓겨나는 경우도 많다.

강한 남성상은 이상이지 현실이 아니다. 결단력에 포용력을 갖추고 건강하며 지성적인 남자. 세상에 이렇게 완벽한 남자는 없다. 또 그래서도 안 된다.

다행히 여성들의 이상형도 변하고 있다. 전통적으로 내려오는 마초적인 남성보다 자상하고 섬세하며 여성적인 남자들이 인기를 얻고 있다. 최근의 보고들에 따르면 성공한 남자, 우수한 남자일수록 여성적인 면이 많다고 한다. 신체가 약할 수도 있고, 눈물이 많고 감수성이 예민한 여자 같은 남자가 이상적이라는 것이다. 부드러운 카리스마가 각광받는 시대에는 강한 남자보다 세심한 남자가 성공하기 쉽다.

　당신이 불평하는 시시한 남자가 요즈음 세상에서는 이상적인 남자다. 전자기술 시대로 접어든 현대사회에서는 우격다짐으로 주먹이나 흔드는 남성적 기질은 별로 쓸모가 없기 때문이다.

　　　당신의 일상을 행복하게 해줄 남자는
　　　강한 남자가 아니라 자상한 남자다.

제가 몸담고 있는 세로토닌문화원에서는 '세로토닌 문화운동'을 벌이고 있습니다. 이는 복잡하고 위험하며 안전판을 잃은 한국사회를 바로 가게 하자는 취지에서 출발했습니다.

우리는 크게 3가지 사업에 열중하고 있습니다.

첫째, 젊은이의 정서 안정을 위해 세로토닌 드럼클럽을 운영하고 있습니다.

둘째, 전 국민을 상대로 생활습관개선운동을 벌이고 있습니다. 당뇨병, 고혈압, 그리고 무서운 암에 이르기까지, 이러한 질병은 생활습관이 잘못된 데서 비롯된 것입니다. 힐리언스 선마을, 그리고 이젠 대국민 운동을 전개 중입니다. 우리는 일단 '허리 5㎝ 줄이기' 캠페인과 함께 구체적인 전략을 수립, 시행 중에 있습니다.

셋째, 문화기행을 비롯해, 사람들의 감성적 생활에 길잡이가 되어 주고 있습니다. 그리하여 문화적 성숙도를 향상시키겠다는 야심찬 프로젝트를 진행 중입니다.

그간 우리 문화원에서 논의된 세로토닌적 삶을 요약하면 다음과 같습니다.

1. 합리적인 절충, 조절과 균형감각을 유지한다.

2. 외적 성장보다 내적 성숙을 중시한다.

3. 글로벌 시민으로서의 교양과 자긍심을 키운다.

4. 기본과 원칙을 지킨다.

5. 올바른 가치관, 다른 생각을 존중한다.

6. 역사, 철학, 문학 관련 책을 통해 고전의 지혜를 배운다.

7. 변화와 창의에 능동적으로 대처한다.

8. 목표보다 과정을 중시한다.

9. 환경우선의 자연친화적 삶과 정품(正品)을 지향한다.

10. 일과 삶의 균형을 이룬다.

11. 명분보다 실용성과 협업을 중시한다.

12. 재충전을 위한 자기와의 시간을 갖는다(음악, 여행, 공연, 명상, 산책 등).

이것이 제가 생각하는 아름답고 멋진 인생을 위한 삶의 지혜이기도 합니다.

part 3

지족
자부의
삶

그리고
좋은 이웃이 있습니다

:

좋은 산과 맑은 물,
조그만 밭, 그리고 희노애락을
함께 나눌 정겨운 이웃이 있다면
세상살이에 바랄 게
또 무엇이 있겠습니까.

그리고 좋은 이웃이 있습니다

이시영 🔲

하나.
적당히 가난해야
좋다

:

쓰고도 아깝지 않으면
돈을 쓰는 재미를 느낄 수 없다.

카네기는 비서로부터 이달에 지출된 기부금 및 자선모금 내역을 보고받고 있었다. 한참 눈을 감은 채 듣고 있던 카네기가 놀란 얼굴로 비서를 쳐다보았다.

"아니, 그 많은 돈이 어디서 났지?"

카네기 자신도 엄청난 액수에 놀란 것이다. 한참 전성기 때에는 누구도 그의 수입을 정확히 계산할 수 없었다고 한다. 컴퓨터도 없던 시절이라 주판으로 힘들게 계산을 끝내면 또 다른 수입이 새로 생겼다.

그는 위대한 업적을 많이 남기고 갔지만 소시민의 관점에서 볼 때 그다지 돈 쓰는 재미는 없었을 것 같다. 주머니 속 쌈짓돈을 아까운 마음으로 세가며 한 푼 한 푼 짜릿한 맛으로 써야 하는데, 그렇게 돈이 많으니 돈 쓰는 재미가 있었겠는가.

쓰고도 아깝지 않으면 돈을 쓰는 재미를 느낄 수 없다. 소중히 모은 돈을 쓸까말까 망설이며 며칠 밤을 고민하다가 드디어 큰 마음 먹고 지갑에서 돈을 꺼낼 때의 짜릿함. 쓰고는 싶지만 쓰려니 아깝고! 돈은 딱 이정도만 있는 게 좋다. 그래야 돈 쓰는 재미가 있는 법이다. 그러면 손수건 한 장을 사더라도 온 세상을 얻은 듯 부자가 된 기분을 만끽할 수 있다.

간혹 쇼핑이 취미라는 사람들이 있다. 난 그런 말을 들을 때마다 의아한 생각이 든다. 단순히 그의 허영심과 사치심을 비난하려는 것이 아니라, 취미가 뭔지 모르고 하는 소리이기 때문이다. 진짜 쇼핑이 취미라면 그 돈을 어떻게 감당하겠는가. 설령 쇼핑을 취미로 삼을 정도로 돈이 많은 사람이라면 쇼핑이 취미일 수 없다. 사고 싶은 것을 마음껏 다 살 수 있는 사람이라면 사는 재미도, 갖는 재미도 없기 때문이다.

그래도 쇼핑이 취미라고 우긴다면 그것은 강박증의 발작이지 취미라 할 수 없다. 부부싸움을 한 이튿날에는 백화점을 순례하며 실 컷 쇼핑을 해야 기분이 풀린다는 부잣집 사모님들이 있다. 하지만 그건 취미가 아니라 히스테리다.

소시민들은 물 쓰듯 돈을 펑펑 쓰는 사람을 부러워한다. 하지만 내 생각에 그것은 부러워할 일이 아니다. 돈을 쓰되 아까운 마음으 로 써야 돈 쓰는 재미가 있기 때문이다. 이게 보통 사람들의 심리적 기전이다. 그래서 정말 돈을 쓰는 재미를 맛보려면 '적당히 가난해 야' 한다.

돈의 단위는 절대적인 것이지만 돈을 벌고, 쓰는 기분은 사람마 다 다르다. 따라서 우리가 갖고 있는 모든 물건의 의미도 사람마다 다르다. 사소한 것 하나를 얻어도 그지없이 즐거워하는 사람이 있 는가 하면, 아무런 느낌도 갖지 못하는 사람도 있다.

재벌이 되면 돈에 대한 감각이 없어진다. 금은보화를 산더미처럼 쌓아 놓으면 돈에 대해 실감하지 못하기 때문이다. 작은 실반지라 도 소중히 간직해야 비로소 보물이 되는 법. 그래서 부자들은 '권태 롭다', '재미없다'는 넋두리를 많이 한다. 돈을 벌어도 신나지 않고, 돈을 써도 기분이 나지 않으니 세상사는 재미도 없을 것이다. 얼마 를 벌어야 적당한가는 사람마다 기준이 다르겠지만, 재미있게 돈을 쓰려면 돈을 쓰되 아까워야 한다.

　이제 하늘나라에 계실 최석호 신부님의 에피소드가 떠오른다. 난 그의 솔직한 인간미에 끌려 자주 명동성당을 찾곤 했다. 크리스마스를 며칠 앞둔 최 신부님은 수위 아저씨의 선물을 고민하던 중 라디오를 떠올렸다. 두 개가 있으니 그 중 한 개를 선물해야겠다고 생각한 것이다. 즉시 수위실에 내려가 라디오를 선물했다.

　그런데 이상하게도 선물을 하고 돌아온 그의 마음이 전혀 즐겁지 않았다. 곰곰이 생각하니 주고도 아깝지 않은 게 문제였다. 선물이란 자신이 아끼고 소중하게 여기는 것을 주어야 하는데 아직 한 개가 더 남아 있으니 아까운 마음이 없었던 것이다. 어느 것을 틀까 고민할 일도 없어졌으니 오히려 마음이 홀가분해졌다.

　최 신부님은 주고도 아깝지 않으면 준 게 아니라며 다른 선물을 고민했다. 그러다 애연가이기도 한 그는 고이 간직하고 있던 마지막 담배 한 보로를 꺼내 다시 내려갔다. 아깝기 그지없었지만 비로소 편히 잠들 수 있었다고 한다.

　라디오와 담배, 값으로 따지면 어느 것이 더 비싼가는 말할 것도 없다. 하지만 주고 아깝지 않으면 준 게 아니라는 기준에서 따지면 담배 한 보로가 훨씬 값이 많이 나간다. 아쉽고 아까웠기에 그걸 주고 난 마음이 한결 뿌듯했던 것이다.

'행복한 부자는 많지 않다.
그러나 부자가 되길 원치 않는 가난뱅이도 없다.'
참 아이러니한 말이다. 하지만 적당히 가난해야
사는 재미가 있다는 사실만은 잊지 말자.

둘.

못난
버릇

:

포장마차 우동 한 그릇도 맛있게 먹었다면
그게 곧 식도락이다.

서울 사람은 도봉산보다 설악산
을, 설악산보다 한라산을 좋아하는 경향이 있다. 산이 높고 수려해
서가 아니라 먼 데 있는 산일수록 좋은 산으로 여기기 때문이다. 그
래야 여행 경비가 많이 들고 좋은 데 다녀온 걸로 생각한다.

과거, 병원에 근무할 때 과원들의 성화에 못 이겨 설악산에 다녀
온 적이 있다. 애초 당일치기로 다녀오겠다는 생각부터 무리였지
만, 중간에 버스마저 고장 나는 바람에 먼발치에서만 바라보고 돌
아와야 했다. 처음부터 내키지 않았던 나로서는 이튿날 출근할 때
온몸이 쑤셔 짜증이 이만저만이 아니었다. 그러나 점심시간에 식당

에서 보니, 일행이었던 간호사가 다른 과 간호사들에게 자랑을 늘어놓고 있었다.

"어제 설악산에 다녀왔다! 정말 좋았어!"

주위 사람들은 부럽다는 듯 듣고 있었다. 도대체 무얼 봤으며 무엇이 좋았단 말인지, 나는 웃음을 참고 지나쳤다. 그녀에게는 설악산에 갔다 왔다는 사실 자체가 중요했던 것 같다. 아마 도봉산보다면 유명한 산이었기 때문일 것이다.

휴가 때는 으레 제주도쯤 다녀와야 되는 것으로 생각하는 이들이 많다. 수속 없이 가기에는 제주도가 제일 먼 곳이기 때문이다. 그리고 호텔 갈 형편이 안 되더라도 거긴 만원이라 어쩔 수 없이 콘도에 묵었다며 허세를 부린다.

한술 더 떠서 호텔이나 국내선의 서비스가 엉망이었다며 입까지 좀 삐죽거리면 사람들은 선망의 눈으로 쳐다본다. 이쯤 되면 정말 누구를 위해 그 먼 곳까지 다녀왔는지 알 수 있을 것이다. 남을 위해 다녀온 것이다.

서울의 한 프랑스 레스토랑에서 있던 일이다. 모처럼 외식을 나온 가족이 프랑스 요리를 앞에 놓고 울상이었다. 아예 안 먹겠다고 버티는 애도 있고, 한사코 자장면을 먹어야겠다고 고집을 부리는 애도 있었다. 당황한 엄마가 주위 손님들의 눈치를 살피며 애를 달래느라 진땀을 흘리고 있었다.

참으로 딱한 상황이었다. 애들은 자장면을 좋아하는데, 저 엄마는 왜 여길 데려 왔을까. 물론 애들을 위해서였을 것이다. 고급 호텔의 프랑스 식당에서 비싼 요리를 사주면 애들이 좋아할 줄 알았겠지. 그래서 자장면을 먹겠다는 애들을 억지로 이끌고 여길 온 것이다.

얼핏 보면 허영에 들뜬 엄마처럼 보인다. 그러나 난 그렇게 생각하지 않는다. 그는 착한 엄마였다. 단지 방향이 틀렸을 뿐이다. 비싼 음식을 사줘야 아이들이 좋아할 줄 알았던 것이다.

멀고 돈이 많이 드는 한라산보다 가까운 도봉산이 훨씬 좋을 수 있다. 외국 기자들과 함께 전국의 명산을 둘러보고 어느 산이 제일 아름다웠냐고 물어보니, '한국에는 명산이 따로 없다. 크고 작은 산 모두가 오묘한 아름다움을 지니고 있다'고 대답했다. 질문한 내가 쑥스러워진 순간이었다.

그런데도 왜 굳이 우리는 한라산이며 프랑스 요리를 더 좋은 것으로 여기는 것일까. 그것은 우리에게 즐거움의 양을 돈으로 계산하는 못난 버릇이 있기 때문일 것이다. 사치니 낭비니 하는 못난 풍조도 여기서 비롯된다. 수십만 원을 호가해야 블라우스가 팔리고, 가방이나 신발도 비쌀수록 더 잘 팔린다고 한다.

그래서 사람들은 레저란 것도 돈이 많이 드는 사치스런 것으로 생각한다. 하지만 그건 오해다. 얼마나 멀리 가고 얼마나 비싼 음식을 먹느냐가 중요한 것이 아니다. 남산도 좋고 동네 뒷산도 좋다. 자기가 좋아하는 산에 오르면 그만이다. 정상에 올라 '후유!'하고 발 아래 경관을 둘러보면 그게 곧 산이다. 포장마차 우동 한 그릇도 맛있게 먹었다면 그게 곧 식도락이다.

분수에 안 맞는 음식을 먹으면 소화가 안 되고, 너무 고급스런 호텔에서는 잠도 잘 오지 않더라. 어찌나 장식이 야단스러운지 정신이 혼란스럽다. 목욕탕 물도 잘 못 틀었다간 샤워 벼락을 맞기 일쑤고, 수건은 왜 그리 크고 무거운지 잘 쓰지도 못 한다. 모든 것은 적당해야 좋다.

이런 글을 쓰다 보니 대구 있을 때가 생각난다. 공장을 하는 한 친구가 서울에서 시찰단이 내려오는데 어떻게 대접을 해야 좋을지 모르겠다며 걱정하고 있었다. 어느 호텔로 모시고 어느 요정에서 대접을 해야 할지 고민인 모양이었다.

난 그에게 회사의 재치 있는 직원과 함께 시골 구경을 시켜주는 것이 어떻겠냐고 권했다. 누렇게 익은 가을 들판을 이리저리 거닐며 벼이삭도 세어보고 손수 사과도 따먹어 보고 금호강변을 달려봐도 좋을 것이다.

그러다 피곤하면 밭 언저리에 앉아 준비해 간 소주 한 잔에 오징어 다리를 뜯으면 운치가 있을 것이다. 저녁에는 시골 제실로 모셔 모닥불 가에 앉아 손국수에 농주(農酒)를 곁들이면 그보다 더한 대접이 어디 있겠는가.

처음엔 망설였지만, 친구도 나의 강권에 못 이겨 그러기로 했다. 효과는 대성공이었다. 그렇게 좋아할 수가 없더라는 것이다. 호사스런 시찰단들이 꼭 어린애처럼 즐거워하더라는 것이다. 누런 들판, 코스모스가 하늘거리는 시골길, 5일장에 푸른 가을하늘까지, 별스럽지 않은 시골풍경이 시찰단의 눈에는 신선하고 인상적으로 보였던 것이다.

이게 인연이 되어 친구의 사업은 호기를 얻게 되었고, 지금도 서울 사장들은 그때의 일을 잊지 못한다고 한다.

수십만 원의 요리가 이보다 나으랴.
즐거움이란 정말 소박한 데 있나 보다.

셋.

내 오래된
벗

:

우린 오랜 세월 서로 아끼고 보살피며
친하게 지냈다.

    내게는 오랜 친구가 둘 있다. 오
랜 시간을 함께 동고동락한 전우인 셈이다. 그 하나가 1960년부터
함께 지낸 공군 장교 트렌치코트다. 그리고 아우격인 갈색 코트는
1964년 미국 인턴 시절, 선물로 받은 것이다. 감청색 트렌치코트는
정장용, 갈색 코트는 캐주얼용으로, 우린 오랜 세월 서로 아끼고 보
살피며 친하게 지냈다.

    아무리 새로운 스타일이 유행해도 난 거들떠보지 않았다. 그만큼
정이 들었기 때문이다. 감청색 코트를 입고 미국 유학길에 올랐고
돌아올 때도 그 모습이었다. 그 때 이미 10년을 넘게 입었으니 색도
바라고 길이도 좀 줄었다. 아내는 새 것을 맞추자고 졸랐지만 난 전

혀 그럴 생각이 없었다.

언젠가 짓궂은 친구 녀석들과 대폿집에 갔다. 한 잔하고 코트를 걸치려는데 녀석들은 무슨 생각인지 옷을 못 입게 말렸다. 급기야 코트를 뺏어들더니 그 집 종업원에게 입으라고 주는 게 아닌가. 난 억지로 떠밀려 나올 수밖에 없었지만 돌아와 생각하니 그렇게 허전할 수가 없었다. 그래서 이튿날 다시 그 집을 찾아갔더니 매장에 그대로 걸려있었다. 난 아무 말 않고 어깨에 걸치고 나왔다. 그제야 으스스 춥던 온몸에 훈기가 감돌았다. 우린 다시 함께하게 된 것이다.

이런 우리 사이에 이별이 찾아왔다. 귀한 손님으로부터 뜻밖에도 코트 선물을 받게 된 것이다. 영국에서 온 이 코트는 보기에도 아주 훌륭했다. 같이 옷장에 걸었더니 감청색 코트가 너무 초라해보였다. 주름진 얼굴에 깃은 이미 낡아버렸다.

'이젠 은퇴할 시기가 왔나 보다. 오늘부터 넌 예비군이다.'

마지막으로 옛 친구를 걸치고 나와 거리를 거닐고는 집으로 돌아와 고이 옷장에 걸어두었다. 비록 훈장은 없지만 누구보다 명예로운 퇴역병이 돼 이제 그는 예비군으로 물러났다. 정확히 25년, 꼭 4반세기 동안 현역생활을 한 것이다. 눈비를 맞으며, 찬바람을 헤치며 숱한 격전의 상처를 안고 그는 물러갔다. 그러나 우리의 우정은 변치 않았다. 요즘도 새 코트를 입을 때면 옛 친구를 배신하는 것 같아 미안한 마음이 든다.

은퇴한 트렌치코트를 볼 때마다 못내 아쉬운 생각이었는데, 드디어 갈색 코트와의 이별이 찾아왔다. 이 역시 뜻밖의 일이라 지금도 정신이 어리하다. 아들 녀석이 이걸 입기 시작한 것이다. 그러더니 아예 정식으로 넘겨 달라고 했다. 안 된다고 거절하고 싶었지만 그럴만한 명분이 없었다. 생각해보면 기특한 녀석이다. 새 것을 사 달라고 할 수도 있었을 텐데 아비가 입던 헌 것을 입겠다니 말이다.

갈색 코트는 이미 낡을 대로 낡았다. 바깥천이 다 헐어 헤진 곳을 갈았지만 원형대로 복원할 수는 없었다. 그래도 우리 둘은 세계 구석구석을 함께 헤집고 다니며 추억을 쌓았다. 더러 새로운 코트를 선물받긴 했지만 옛 친구를 보면 입어볼 생각이 나지 않았다. 우린 그만큼 깊이 정이 든 것이다.

이런 속을 알기나 하는지, 아들 녀석은 코트를 손에 든 채 내 대답을 기다렸다. 유행하는 걸 새로 사주면 어떻겠느냐고 물어보았지만 녀석은 고개를 흔들었다. 선물로 받은 다른 코트도 권해보았으나 녀석은 싫다고 했다. 입장이 난처해진 난 선선히 내줄 수밖에 없었다.

"잘 가라. 옛 친구여. 이제 넌 내 자식놈과 함께 생활하게 된다. 녀석은 힘도 세고 날쌔니까 한결 생동감이 넘칠 거야. 이 늙은 말보다 더 멀리 뛸 것이다. 신나는 날들이 더 많을 것이다. 앞으로는 그리 험한 고비도 없을 것이다. 녀석은 제 애비보다 좋은 시대를 타고났으니 말이다."

코트와 함께 걸어온
20여 년의 인생길이 주마등처럼 눈앞을 스쳤다.
상처와 회환, 그리고 영광이!

넷.

이멜다의 구두와
나의 운동화

:

3만 켤레를 갖는다 해도
이런 감동은 절대 느낄 수 없을 것이다.

내가 생애 두 번째 필리핀을 방문
하게 된 것은 첫 방문 이래 공교롭게도 꼭 50년만이었다. 공항에 내
려 국내 공항으로 옮기는 순간 난 정말이지 타임머신의 시계를 50
년간 정지해놓은 것이 아닌가 하는 의문과 함께 현기증을 느꼈다.

"어쩜 이럴 수가. 50년이란 세월이 흘렀는데 변한 게 하나도 없
다니."

1950년대 필리핀은 동남아시아의 젊은이들이 유학을 갔던 아시
아 최강국이었다. 한국전에도 참전, 장충단체육관도 지어준 은인의
나라였는데 어찌하다 이렇게 된 것인지 참으로 착잡한 심경이었다.
지도자를 잘못 만나 국민 전체가 불행해진 대표적인 사례다. 부국

이었던 필리핀이 몰락하게 된 것은 그 유명한 페르디난드 마르코스 대통령이라는 부패권력을 만나면서부터다.

　필리핀의 마르코스 대통령은 21년간 독재를 펼치다 1986년 민중봉기로 축출됐다. 마르코스가 무너지던 날, 세계의 눈은 필리핀으로 집중됐다. 부정축재를 일삼았던 그의 저택은 그 어떤 궁전보다 호화로웠다.

　이에 반해 세계에서 가장 가난한 대통령으로 불리며 존경을 받은 우루과이의 호세 무히카 전 대통령은 대통령궁을 노숙자 쉼터로 내주었을 뿐 아니라 퇴임 시 재산이 허름한 농장과 30년 된 폭스바겐 비틀, 트랙터 2대, 몇 대의 농기구뿐이었다고 하니 마르코스 대통령과 극명한 대조를 이룬다. 무히카 대통령은 자신은 가난하지 않다며, 진짜 가난한 사람은 '욕망이 끝이 없어 아무리 가져도 만족하지 못하는 사람'이라고 일침하기도 했다.

　마르코스 대통령의 화려한 저택을 바라보며 사람들은 저마다 다른 생각을 했을 것이다. 독재의 비참한 최후를 통쾌하게 여기는 사람도 있을 것이고, 권력의 허망한 최후에 인생무상을 느낄 수도 있을 것이다. 그런가 하면 어마어마한 보물과 순금으로 치장한 욕실을 탐내는 사람도 있을 것이다.

하지만 호사가의 이야기 거리로서는 역시 그의 부인, 이멜다의 구두가 압권이었다. 값은 뒷전, 우선 그 숫자에 모두들 놀랐다. 나역시 이 부부의 독재 이야기는 다시 떠올리고 싶지 않지만, 3천 켤레의 구두만은 잊을 수가 없다.

그 숫자 때문만은 아니다. 왜 그렇게 많은 구두를 모아야 했을까하는 정신과적인 해석이 궁금해서도 아니다. 그렇게라도 하지 않으면 안 되었던 그의 인간적인 일면에 한 가닥 연민을 느끼기 때문이다.

일부 사람들은 그녀를 부러워했다. 사람으로 태어나 그런 부귀영화를 한 번쯤 누려보고 싶은 마음이 왜 없겠는가. 하지만 '이멜다는 얼마나 신이 났을까?', '얼마나 재미있는 생활이었을까?', '얼마나 멋진 인생을 살았을까'하면서 그녀의 인생을 부러워하는 이들에게 들려주고 싶은 말이 있다.

'얼마나 따분하고 재미가 없었으면 구두를 3천 켤레나 모아야 했을까? 신나는 일이 그렇게도 없었던 것인가? 얼마나 멋없는 인생이었으면 구두에 정열을 바쳐야 했을까?' 생각이 이에 미치면 측은

하고 불쌍하다. 그녀의 막강한 권세와 영화 뒤에는 텅 빈 번민의 늪에서 허우적거리는 가련한 한 여인의 모습이 숨어 있던 것이다. 이 여인을 기쁘게 해줄 수 있는 일이 그리도 없었던가. 마음을 충족시키는 것이 없었기 때문에 그 많은 구두를 사야 했을 것이다. 참으로 불행한 여인이 아닐 수 없다.

자기가 가진 것에 아무런 애정을 느낄 수 없다는 것은 사실상 아무것도 가진 것이 없다는 것과 같은 말이다. 하찮은 것 하나에도 애정을 갖고 소중히 간직할 때 비로소 내 것이 된다.

이제 내 운동화 이야기를 해야겠다. 내가 처음 운동화를 갖게 된 것은 광복 후 초등학교 5학년 때였다. 그 날 밤 난 잠을 이룰 수 없었다. 몰래 운동화를 신은 채 잠들고는 하늘을 훨훨 날아다니는 꿈도 꾸었다. 눈을 뜨니 여전히 밖은 캄캄했다. 왜 그리 새벽은 더디게 오던지. 상큼한 고무 냄새가 이불 속에서 풍겨날 때마다 가슴이 터질 것 같았다.

새 신을 신고 길을 나서자 온 동네 사람들이 나를 쳐다보는 것 같았다. 개선장군보다 더 도도하게 뽐내며 걸었던 그날의 기억을 난 결코 잊을 수 없다. 자갈밭이나 가시밭에는 신발을 벗어 들고 갔다.

그건 단순한 신발이 아니라 나의 무한한 자부심이었다. 당시 난 운동화를 사주신 어머님께 한없는 감사와 깊은 은혜를 느꼈다.

광복 전 세대라면 누구나 이렇게 소중한 경험을 갖고 있을 것이다. 하찮은 것이지만 그것을 갖게 된 순간의 벅찬 감격에 지금도 가슴이 설렌다. 3천 아니, 3만 켤레를 갖는다 해도 이런 감동은 절대 느낄 수 없을 것이기에 이멜다에게 일말의 연민마저 느낀다.

지금이라도 이멜다가 갖는다는 기쁨이 어떤 것인지,
그리고 그게 얼마나 힘든 것인지
알게 되었으면 하는 바람이다.

다섯.

천사를 만드는 건
옷이 아니다

⋮

우리가 야외로 나가는 이유는
'풀러 가는 것'이다.

외출 준비를 하던 소크라테스의
아내가 옷투정을 했다. 축제 구경을 가야하는데 입을 옷이 없다는
것이었다. 부산을 떠는 아내를 바라보며 소크라테스가 입을 연다.
"구경? 구경을 시키러가는 게 아니라면 옷이 무슨 문제요?"

조카들과 유원지에 갔을 때의 일이다. 주차장에 들어서니 관광버
스와 자가용에서 줄지어 사람들이 내렸다. 그야말로 모두 구경하러
온 사람들이었을 텐데 내 눈에는 어쩐지 자신을 구경시키러 온 사
람들 같았다. 소크라테스의 익살이 생각나 몇 번이나 터지는 웃음
을 참아야 했다.

모두 고급 사교장을 방불케 하는 화려한 차림이었다. 땀에 젖은 화장으로 얼룩진 얼굴에 하이힐을 신어 걸음이 불편할 여자, 아이 들까지 미인대회라도 나가는 양 화려하게 치장했다. 그런 옷을 입 으면 행여 옷에 주름이 가거나 때가 묻지 않을지 걱정돼 마음대로 잔디밭에 앉지도 못할 것이다. 온종일 그렇게 서 있어야 하니 얼마 나 피곤할까? 측은한 생각마저 들었다.

구경하러 가는데 왜 그리 야단스런 차림이어야 하는 것일까. 나 들이는 나들이다운 차림이어야 한다. 해수욕장에 정장을 하고 나서 보라. 다들 이상한 눈으로 쳐다볼 것이다. '천사를 만드는 건 옷이 아니다.' 격식을 따져 입기로 유명한 영국의 속담이다. 또한 영국인 들은 '빌린 옷은 따뜻하지 않다'고 말한다. 옷이 날개라고 생각하는 우리와는 관점이 다르다.

여자 둘이 서로 지나칠 때에는 상대를 전혀 신경 쓰지 않는 척 무 심하게 지나친다. 상대에게 무관심하게 보여야 자존심이 상하지 않 기 때문이다. 그러나 지나친 후에는 그 중 한 명이 걸음을 멈추고 돌아보게 돼있다. 잘 차려입어 자신 있는 여자는 의기양양이다. 자 연스럽게 걸어가고 있지만 내 눈엔 우쭐대는 모습이 보인다. 무심히 지나친 여인이 자기를 선망의 눈으로 바라보고 있다는 사실을 알고 있는 것 같다. 이건 거의 본능적인 여자의 직감인 듯하다.

나들이옷은 근사한데 반대로 집에서 입는 옷은 허름한 사람들도 많다. 하지만 집에서 입는 옷이 화려하고 섹시해야 배우자에 대한 예의가 아닐까. 난 단연코 그렇게 생각한다. 바람기가 있는 사람이 아니고서야 나들이옷에 그렇게 신경을 써야 할 이유가 있겠는가. 누구를 위해 그렇게 짙은 화장을 하고 요염하게 차려입은 것일까.

차림은 결례가 되지 않을 정도면 족하다. 내가 듣기로는 이슬람교 여성들은 외출할 때는 눈만 내놓고 다니지만 집에 들어가면 아주 화려한 옷으로 치장을 한다고 한다. 남편을 위해. 난 그게 옳다고 생각한다.

한껏 차려입고 다니면 심신이 피곤할 수밖에 없다. 이게 나들이 나온 본 의도는 아닐 것이다. 우리가 야외로 나가는 이유는 '풀러 가는 것'이다. 소풍이든 관광이든 마찬가지다. 매여져 있는 것들을 풀어야 한다. 넥타이도 풀고, 신발 끈도 풀어야 하며, 주말에는 허리띠도 매지 말아야 한다. 가슴에 맺힌 답답함을 탁 트인 넓은 공간 속에서 풀고, 긴장된 마음과 몸도 느슨하게 풀어줘야 한다.

종종걸음 치던 일상에서 벗어나 느긋함을 누려야 콧노래도 나오고 웃음도 나온다. 남의 눈치나 보며 긴장 일색의 자세에서는 스트레스만 쌓일 뿐, 마음껏 휴식을 취할 수 없다.

사람의 마음은 입은 옷에 따라 달라진다. 군복을 입으면 누구나 조건 반사적으로 당당하고 반듯하게 행동하게 된다. 하지만 군복을 벗고 사복으로 갈아입으면 원래의 자신으로 돌아와 걸음걸이부터 풀어진다. 군복과 사복이 주는 긴장도가 다르기 때문이다. 그래서 흔히 옷이 사람을 만든다고 한다.

고로 나들이를 제대로 즐기려면 좋은 옷은 피하는 것이 좋다. 남의 눈을 즐겁게 해주기 위해 옷을 차려입는 것이 아니라면 말이다. 만약 그렇다면 당신은 휴일을 즐기러 가는 것이 아니라, 오히려 자신을 피곤하게 만들러 가는 것이다. 차라리 안방에서 '내 멋대로' 뒹구는 편이 훨씬 큰 휴식을 줄 것이다.

당신은 무대의 배우가 아니라 자연경관을 즐기러 나온 관객이다. 분장할 생각도, 연기할 생각도 말라. 자기 편한 대로 입고, 자기 하고 싶은 대로 하면 된다.

옷은 내가 입는 것이지 남이 입히는 것이 아니다. 남에게 혐오감을 주는 옷이 아니라면 뭣인들 어떻겠는가. 화려한 정장이 야외에서는 오히려 사람들 마음을 답답하게 만든다. 자신한테 맞춰 가볍게 입는 것이 좋다. 한 마디로 '나답게' 입자. 그래야 풀린다.

사는 멋이란 푸는 데 있는 것이지
조이는 데 있는 것이 아니다.

여섯.

소박한
도시락

:

무한한 감사가 그의 온몸에
넘쳐흐르고 있었다.

네바다는 아무리 달려도 황량한
사막뿐이라 잠시 쉴 곳이 마땅치 않았다. 그렇게 한참을 달리다 드
디어 우리 일행은 한 작은 공원을 찾았다. 나무 몇 그루에 뽀얀 먼
지를 덮어쓴 피크닉 테이블 몇 개가 전부인데도 공원 입장료 2달러
를 통에 넣게 되어 있었다. 나는 속으로 1달러만 내리라 마음먹었
다. 그만큼 시설이 엉성하기 그지없었다. 하지만 미국에 사는 조카
녀석이 이의를 제기했다. 일단 법이 정한대로 2달러를 내고 시설이
좋지 않으니 1달러를 돌려달라고 진정을 하는 게 순서일 것 같다는
것. 난 한 마디도 반격할 수 없었다.

돈을 내고 일부러 찾아오는 사람은 없을 것 같았지만 점심을 해

먹어야 하는 우리 일행에게는 그야말로 사막의 오아시스가 아닐 수
없었다. 그 날도 우리 식단은 거창했다. 어머님께서 느닷없이 조갯
국을 찾는데다 나는 콩밥 타령을 했다. 형님은 언제나 갈비였고 조
카들은 햄버거를 좋아했다. 기가 차기보다 염치없는 식구들이다.
미국의 사막 한복판에서 참으로 어이없는 주문들이 아닌가.

그런데 더욱 놀라운 것은 동생들과 제수씨는 어느새 불을 피우고
밥과 국을 대령한다는 것이다. 식탁에는 김치를 비롯해 장조림, 콩
장까지 더 이상 놓을 자리가 없었다. 열다섯의 대가족이라지만 이
것은 아무래도 심하다 싶은 생각이 들었다. 일개 중대가 먹어도 남
아돌 것 같은 푸짐한 점심상이었다.

우리는 길을 나서면 밥상이 거창해진다. 남들에게 궁색하지 않다
는 것을 보여줘야 하기 때문이다. 고속도로 휴게소에 우리만큼 음
식점이 많은 나라도 없을 것이다.

갈비가 익어갈 무렵, 저만치서 풀을 베고 있던 노인이 우리 쪽으
로 걸어왔다. 우리 일행 이외에 이 공원 안에 유일하게 있는 사람이
었다. 그는 우물가에 가서 깨끗이 세수를 하고 나무 그늘에 놓아둔
도시락을 들고 왔다. 우리를 향해 가볍게 인사를 하더니 좀 떨어진

테이블에 앉아 도시락을 펼쳤다.

'브라운 백' 속에는 샌드위치 한 조각, 주스 한 잔, 그리고 앵두 하나가 전부였다. 작업복 옷깃을 단정히 여미고 그는 조용히 눈을 감았다. 두 손을 모으고 기도하는 그의 모습은 너무나 숙연했고, 멀리 피어오르는 사막의 신기루와 어우러져 한 폭의 아름다운 그림처럼 보였다. 다시 한 번 삶에 대한 경건함을 생각하게 해주는 엄숙함 속에서 내게는 많은 걸 일깨워준 순간이었다.

나는 들었던 숟가락을 입에 문 채 멀거니 그 노인을 바라보고 있었다. 무슨 생각을 하고 있었을까? 그의 기도는 한참 계속되었다. 우리 일행이 조용해진 것은 그때였다. 넋을 잃은 내 시선을 따라 그제야 그 노인을 발견한 것이다. 왁자지껄한 우리가 조용해지자 순간 온 천지가 정적에 쌓인 듯 고요해졌다. 노인의 기도에 방해가 될까 조용해진 것이다. 하지만 그 순간 나는 참으로 착잡한 기분에 휩싸였다. 안 보여야 할 걸 보여준 것처럼 발가벗고 사람들 앞에 나선 그런 기분이었다.

참으로 묘한 대조였다. 미국과 한국, 샌드위치 한 조각과 우리의 진수성찬, 그리고 무엇보다도 음식을 대하는 그의 경건한 자세와 우리의 잔칫집 같은 분위기가 대조를 이뤄 내 입맛을 앗아가 버린 것이다. 이렇게 멀리까지 왔으면 하나라도 더 보고 가는 것이 좋으련만, 삼시세끼를 이렇게 지어먹어야 하는 것일까? 우리에게 잘산다는 것은 잘 먹는 것으로 통한다. 더구나 소풍 나들이는 남들이 보는 앞이니 더욱 푸짐하게 먹어야 한다는 생각이 짙다.

구경보다 먹는 데 더 정력을 쏟은 것이 바보스럽기도 하지만, 그보다 시간이 허비되어 더욱 안타까웠다. 먹을 것은 집에서 먹고 대신 야외에서는 산과 들을 즐겨야 한다. 위장을 채울 생각 말고 맑은 공기와 많은 인상, 그리고 즐거운 추억을 채워야 한다.

그에게 우리가 정말 본받아야 할 점은 또 있었다. 바로 밥상을 대하는 자세다. 벼 한 톨이 식탁에 오르기까지 사람 손길을 백 번은 거쳐야 한다는데, 농부의 정성, 어머니의 마음을 밥상 앞에 앉아 얼마만큼이나 헤아렸던가. 우리는 그저 먹기에만 바빠 그렇게 정성들여 차린 음식을 아무렇지 않게 먹어치운다.

김치 한 접시가 상에 오르기까지의 과정은 정성과 정성의 이음이다. 예쁘게 잘라놓은 김치 토막은 젓가락을 대기가 아까울 정도다. 그렇게 정성들여 만들어진 음식들을 우리는 그저 게 눈 감추듯 먹어치운다. 맛인들 제대로 음미하는지……. 우리는 만드는 정성에 비해 먹는 정성이 너무 소홀한 것 같다.

이윽고 노인의 기도가 끝났다. 조심스레 샌드위치를 집어 들었다. 누가 만든 것일까? 정성들여 싸지도, 맛이 있어 보이지도 않았다. 하지만 그의 얼굴은 만족스런 표정으로 충만했다. 무한한 감사가 그의 온몸에 넘쳐흐르고 있었다.

먹기 위해 사는가? 살기 위해 먹는가? 진부한 질문이지만 식탁에 앉을 때마다 한 번쯤 생각해볼 일이다. 우리는 어느 쪽일까? 먹기 위해 그냥 먹는 것인가? 우리 선마을 식탁에 30분 모래시계를 놓아둔 사연을 아는 이는 그리 많지 않다. 한마디로 천천히 먹자는 뜻이다. 하지만 한국 식당은 어디나 황급하게 음식을 먹어치우는 사람들로 소란스럽다.

먹고 마시고 떠들고 하는 것만이
멋진 인생은 아닐 텐데 말이다.

일곱.

당당한
고물차

：

우리도 이제 외형보다는
실속을 차려야 할 때다.

웃지 말라고 썼겠지만 '웃지마, 이
건 내 차야'라는 글귀를 보고 웃지 않을 수 없었다. 쌩쌩 달리는 것
이 신기할 정도로 형편없이 낡은 헌 차였다. 그리고 고물차 뒤에 붙
어있는 문구가 참으로 인상적이었다. 내 차라는 말은 다시 말해 할
부가 끝났다는 의미다. 그러니 차가 낡았다고 비웃거나 무시하지
말라는 가벼운 항변도 숨어있다.

미국이어서일까, 고물차에도 재치와 유머감각이 돋보인다. 미국
에는 좋은 차도 많지만 대부분 할부로 구입하기 때문에 엄밀히 따
지면 개인 소유라 할 수 없다. 냉정하고 가혹한 사회에서 지불이 끝
난 내 차라고 큰소리칠만 하다.

비록 헌 차라도 자신의 차라는 데 자부심을 갖고 있는 모습은 참으로 당당하게 보인다. 어쩌면 미국의 자본주의 속물근성을 비웃는 것 같기도 하고, 실속 없이 외형만 번드레한 미국 사람의 과시욕을 풍자하는 것 같기도 하다. 웃기기도 했지만 참으로 많은 것을 생각하게 해준 글귀였다.

한편으로는 비록 헌 차라도 기죽기는커녕 자랑스럽게 몰고 다니는 그 젊은이의 배포가 부러웠다. 그런 차는 속을 들여다보면 부속품 하나 제 것인 게 없을 것이다. 망가진 부품을 폐차 차고에서 여기저기 찾아 꿰맞춘 것들이라 안팎이 너덜너덜하다.

미국의 젊은이들은 자신의 힘으로 돈을 벌어 차를 사야 하기 때문에 처음부터 새 차를 갖게 되는 경우는 드물다. 입학, 혹은 생일선물로 새 차를 사주는 부모들도 있지만, 사연이 어찌되었든 고물차를 몰고 다니는 미국의 그 젊은이가 존경스럽기까지 했다.

얼마 전 한국에서 자동차 정기검사를 받으러 갔는데 문이 약간 찌그러졌으니 고쳐오라는 것이었다. 운전하는 데는 기능적으로 아무런 이상이 없다고 항의했지만 허사였다. 결국 적지 않은 돈을 들

여 고친 후에야 검사증이 나왔다. 우리는 외형을 중시하기 때문인
지, 여하튼 한국 차들은 하나같이 새 차 같다. 보기에는 좋지만 기능
이나 경제성보다 모양새만 갖추려다 보니 차 수명이 짧아지는 것이
문제다. 우리도 이제 외형보다는 실속을 차려야 할 때다.

　　언젠가 한국에서도 '웃지마!'하고 큰소리치는 고물차가
　　　　당당히 거리를 달리는 모습을 기대해본다.

여덟.
내 집 마련이
목표인 인생

⋮

겨울에 따뜻하고 여름에 시원하다면
그로써 훌륭한 집이다.

입는 것, 먹는 것 이야기를 했으
니, 사는 집 이야기도 빼놓을 수 없다. 의·식·주, 흔히 이 세 가지는
사람이 살아가는 데 갖추어야 할 가장 기본적인 것이라고 한다. 그
렇다. 말 그대로 의식주는 살아가는 데 최소한의 기본만 갖추면 되
는 것이다. 그런데 우리는 유별스레 여기에 집착하는 경향이 있다.
산다는 것은 의식주만의 일이 아닐 터인데, 여기에만 매달려 바동
거리니 멋진 인생은커녕 고달픈 인생을 살아가게 되는 것이다.

우리는 대부분 행·불행의 척도를 의식주에 걸고 있다. 잘 산다는
것의 기준이 의식주에 있다면 당신은 이미 의식주의 노예가 되어
있다는 증거다. 집이란 그저 편안하게 잠을 청할 수 있는 곳이면 족

하다. 겨울에 따뜻하고 여름에 시원하다면 그로써 훌륭한 집이다.

 하지만 우리에게 집이란 의미는 그리 단순한 것 같지 않다. 셋방살이 설움을 겪은 사람에겐 '내 집'의 의미가 더욱 각별하다. 특히 우리나라 사람들은 '내 집 마련'에 남다른 집착을 보인다. 인생의 목표와 꿈이 내 집 마련인 사람도 많다. 이들에게 내 집 마련은 서러웠던 날들에 대한 보상이자, 성공의 척도가 된다.

 방 한 칸이라도 내 집이라고 마련한 날에는 마치 세상을 다 얻은 듯 감격과 흥분에 들뜨게 된다. 이제 계약이 만기될 때마다 이사 갈 걱정을 덜게 되었으니 정신적으로도 안정감을 갖게 된다. 이 넓은 우주에 내 집이 마련돼 뿌리를 박고 안주할 수 있게 된 것이다. 내 집은 정신적 지주인 셈이다.

 하지만 불행하게도 이 감격은 오래 가지 못한다. 처음에는 방 한 칸에 만족하지만 점점 더 큰 집에 대한 욕심이 생기기 때문이다. 우리나라 사람들은 예로부터 대궐 같은 집에서 사는 것을 인생 최고의 호사로 여겼다. 우리 어머님도 예외가 아니었다. '삐그덕' 소리 나는 큰 대문 집에 살아 보는 게 원이셨다. 불행히 그런 집에 모시진 못했지만, 그러나 난 여한은 없다.

서구 사람들은 집을 갖지 않는다. 한 자리에 안착하기를 좋아하는 우리와 달리 서구 사람들은 유목민 체질이라 이곳저곳으로 이사를 자주 다닌다. 그러니 집을 소유하면 기동력이 떨어지기 때문에 오히려 불편하게 생각한다. 갑자기 좋은 자리가 나 직장을 옮기려하는데 집이 쉽게 팔리지 않으면 얼마나 골치 아프겠는가. 반대로 집이 없으면 언제든 홀가분한 마음으로 어디든 이동할 수 있다. 그래서 아예 집이 없는 사람도 많다. 유럽의 집시처럼 여기저기 옮겨다니며 세상구경하는 것을 좋아하는 사람들은 생활도구를 싣고 다니며 트레일러에서 사는 경우도 있다. 우리처럼 '마이 홈'에 대한 악착스런 집착을 갖지 않는다.

'집을 짓는다는 것은 즐겁게 가난뱅이가 된다는 뜻이다.' 이건 합리적이면서 소박한 영국인의 속담이다. 하지만 우리는 빚을 내서라도 집을 사려 하기 때문에 경우가 좀 다르다. 대게의 샐러리맨들은 집을 살 때 진 빚을 갚느라 평생을 저당 잡혀 산다. 집을 팔아 사업을 확장하는 서구인과는 아주 대조적이다. 우리에게 집은 끝까지 지켜야 할 최후의 보루이므로 아무리 사업이 몰락해도 마지막까지 사수해야 할 대상이다.

이민 간 교포들이 가장 먼저 사는 것은 차이고, 그 다음이 집이라고 하는 것을 보면 집에 대한 집착은 이 땅을 떠나도 계속 되는 것 같다. 집이 주는 물리적 의미보다 정신적 의미가 더 크기 때문이다. 즉, 내 집을 산다는 것은 정착이 됐다는 뜻이요, 성공했다는 선언이다. 그러니 어떤 희생을 치르고서라도 집을 사려는 사람들이 많은 것이다. 빚을 갚느라 건강을 해친 사람도 있고, 끝내 빚을 못 갚아 은행에 빼앗기는 경우도 적지 않은데 말이다.

신혼부부들이 집을 마련하도록 온갖 정책을 내놓는 것을 보면, 집에 관한한 정부의 집착도 대단하다. 집값이 비싸기로 세계적인데 내 집이 아니라 셋집이라도 마련할 수 있도록 배려했으면 좋겠다. 그리고 그것이 더 현실적이다.

빚까지 긁어모아 집을 산 어느 교수의 독백이 생각난다. 취득세, 재산세, 거기에 세든 사람까지 속을 썩이니 자기 평생의 실수가 집을 산 것이라고 했다. 집에 이상이 생기면 집주인에게 전화하면 그만이던 세입자 시절이 오히려 마음 편할 수 있다. 그래서 결국 그는 집을 팔고 말았다. 혹자는 가진 자의 배부른 소리라고 할 수 있다. 하지만 셋방살이 설움이라는 것도 생각을 살짝 바꾸면 그리 설움이랄 것도 없다.

　실제 요즘 젊은이들은 생각이 바뀌고 있다. 서울 집값이 너무 비싸고 부동산 경기가 예전 같지 않은 이유도 있겠지만 집을 꼭 소유해야 된다는 부모세대의 생각에 회의를 품기 시작한 것 같다.

　'내 집 마련'에의 꿈을 탓하려는 건 아니다. 다만 거기에 너무 매달리지 말자는 것이다. 설움이란 것도 집착하기 때문에 생기는 것이다. 집이란 열심히 살다 보면 사게 되는 것이지, 전 인생을 걸어야 하는 목표일 수는 없다. 그걸 위해 전력투구하기에는 인생이 아깝지 않은가. 그 정열을 딴 데 쓰는 것이 더 좋을 것이다.

집 한 칸보다는 여유롭고 멋진 인생이
더 가치 있는 일일 텐데.

우린 아직 더 올라가야 한다고 생각합니다. 등산 심리처럼 더 높이, 더 빨리 오르려 합니다. 지난 반세기 동안 산업사회 건설을 위해 불철주야 달리던 잔재가 여전히 우리 뇌리에 강하게 남아있기 때문일까요? 바야흐로 1인당 국민소득은 3만 달러에 육박하고 있습니다. 얼마나 더 올라야 직성이 풀릴까요? 이만하면 된 거 아닌가요?

하지만 누구도 이 말을 하지 못합니다. '됐다니? 그것은 당신이나 할 소리지, 우리 이웃의 딱한 사정을 몰라서 하는 소리지.' 하긴 그렇습니다. 결국 입을 다물게 됩니다.

하지만 냉정히 생각해봅시다. 언제까지 더 올라야 한다고 헉헉 댈 것인가요? 위만 보고 산을 오르는 사람에게는 발아래 핀 꽃이 보이지 않는 법입니다. 지난 반세기 격정의 세월을 사느라 우리는 시를 잃었고 노래를 잃었습니다. 넉넉하진 않아도 사는 맛을, 그리고 멋을 누려가며 살아야 합니다. 아니 넉넉하지 않을수록 그런 마음의 여유는 있어야합니다.

위를 보면 끝이 없습니다. 그럴수록 불평불만만 쌓이게 됩니다. 그렇다고 아래를 보며 살자는 이야기는 아닙니다. 내가 올라온 만큼 발아래 경치도 보고 사는 맛을 씹어가며 맛있게 살자는 말입니다.

3장에서는 여러 차례 지족 정신을 강조했습니다. 모자람을 아는 정신, 그대로 넉넉할 수 있는 정신, 이것이 현재의 치열한 경쟁사회를 살아가는 마음의 슬기입니다.

그래서 전 다시 부탁드립니다. 조심스러운 목소리로 '이만하면 됐지' 이 말이 내 속에서 우러나오는 순간, 우리는 부자가 됩니다. 없어서 거지가 아니라 '더, 더'하며 욕심을 부리니 항상 모자라고 가난한 것입니다.

작든 크든, 얼마나 올랐든, 내가 가진 것에 만족할 수 있다면 우리 마음은 풍성하고 풍요로워집니다. 없어도 마음이나 편해야 할 게 아닌가요?

그 열쇠가 바로 '이만하면 됐다'고 말할 수 있는 용기입니다.

part 4

과묵한
나의
스승

꽃들의 속삭임을 들어보라
오늘밤 편안한 잠을
자게 되리니

늦가을 국화는 밤이 되면 그 향기가
더욱 짙어집니다. 꽃잎에 맺힌 밤이슬이
달빛을 머금고 바람에 꽃대가 살랑이면
마치 도란거리는 소리가 들리는 것 같습니다.
도대체 이 밤에 무슨 이야기들을 저리 하는
것일까요. 애써 귀를 기울이다 보면
어느새 꽃들의 속삭임이 자장가가 되어
나를 잠으로 이끌어갑니다.

꽃들의 속삭임 을 들어보라
오늘밤 편안한 잠을 자게되리니

이시행

하나.

주말엔
숲으로

:

이렇게 산은 내가 길을 잃을 때마다
길을 가르쳐준다.

'서부로, 서부로.' 미국 서부 개척
자들의 말발굽 소리는 태평양 연안에 이르러서야 멎었다. 더 이상
갈 데가 없기 때문이다. 샌프란시스코, LA가 들어서면서 서부 개척
시대도 그 막을 내렸다. 이제 서부로 달리는 마차의 행렬 대신 도시
와 교외를 잇는 긴 차량의 행렬이 10차선 도로를 꽉 메우고 있다.

미국사람들의 머릿속에는 '도시는 일하는 곳, 교외는 쉬고 즐기
는 곳'이라는 인식이 있다. 그래서 아침에 눈을 뜨면 교외에서 도시
로 출근한다. 빨리 하루 일과를 마치고 교외의 집으로 돌아가려는
사람들은 6시까지 출근하기도 한다. 그리고 오후 2시쯤이면 슬슬
퇴근 차량이 길을 메우기 시작한다. 모두 교외로 나가려는 사람들

이다. 그렇게 교외로 달아나다 보니 도시의 한복판은 텅 빈 폐허가 된 곳도 있다. 도심은 점점 공동화되고 교외는 넓어졌다.

나는 선마을 종자산을 자주 올라간다. 달밤에 쉬엄쉬엄 산길을 걸으며 결정을 못 해 속 끓이고 있는 문제, 마음을 무겁게 누르고 있는 온갖 걱정거리들을 하나씩 풀어놓는다. 그러면 숲이, 그리고 온 우주가 나에게 귀를 기울여주고 있는 것 같아 위안을 얻는다. 그래서 산을 내려올 때면 머리가 맑아진다. 밑에서 보면 나무가 빽빽하게 들어차 막막해보이는 산도 올라가면 길이 있다. 이렇게 산은 내가 길을 잃을 때마다 길을 가르쳐준다.

선마을의 밤하늘도 빼놓으면 섭섭하다. 난 일부러 선마을의 별을 보기 위해 하룻밤 잠을 청하고 온다. 서울에서는 도시의 빛 때문에 밤하늘을 올려다봐도 별을 찾기 힘들다. 하지만 선마을에는 수많은 별들이 밤하늘을 수놓는다. 그러한 별을 보고 있노라면 절로 마음이 평화로워져 삶이 온유해진다.

이렇듯, 사람은 누구나 자연과 가까워지고 싶어한다. 하지만 그런 인간의 욕구 앞에 자연은 조금씩 잠식되어 가고 있다. 그 넓은 땅에도 한계가 있다는 것을 인식한 미국은 자연 훼손을 최소화하면서 시민들에게 최대한의 휴식 공간을 제공하고자 아름다운 자연경관을 있는 그대로 즐길 수 있게 여러 가지 편의시설을 마련해놓고 있다.

그래서 미국의 교외에 나가보면 사람들이 집에서 사는지 숲에서 사는지 구별이 안 된다. 집들이 숲 속에 묻혀 있어 잘 보이지 않기 때문이다. 마치 한 폭의 산수화 속에 나오는 작은 오두막 같다. 그들에게 집은 등산할 때 숙식을 해결하는 베이스캠프처럼 살림살이를 놓아두고 잠이나 자는 곳에 지나지 않는다. 일을 하는 동안은 당연히 집을 떠나 있어야 하지만 집에 돌아와서도 낚시, 테니스, 수영 등을 즐기기 위해 밖으로 나가기 때문에 집안에 있는 시간이 적다. 집에 있어도 정원 손질 등으로 태양 아래 있는 시간이 많다. 그렇게 그들은 언제나 자연과 함께한다.

우리가 생존을 위해 일하는 것에 비해 그들은 즐기기 위해 일을 한다. 도시에서의 직장생활은 가짜 자기다. 열심히 벌어 한순간이라도 빨리 자연으로 돌아가고 싶어 하는 그들은 자연 속에서 삶을 즐기며 그곳에서 삶의 의미를 찾으려 한다. 스키 시즌이 짧다고 북쪽으로 직장을 옮기는 미국사람도 보았다. 맑은 태양이 좋다고 모든 것을 훌훌 떨치고 미련 없이 아리조나 사막으로, 마이애미 해변으로 떠나는 이들.

자연이 주는 혜택을 마음껏 즐기기 위해 모든 것을 뒤로 한 채 홀가분하게 떠나버리는 그들은 참으로 멋스런 사람들이다.

자연의 혜택을 마음껏 즐기는
보헤미안의 생활이 부럽다.

둘.

마사이족이
남긴 유산

:

그들은 만물의 영장이라는
오만을 부리지 않는다.

　　　　　　　　　　아프리카의 세렝게티는 이름 그
대로 '끝없는 대지'다. 아득한 지평선을 향해 달리는 사파리는 그것
만으로도 우리에게 대단한 감동을 준다. 영양 떼가 한가로이 풀을
뜯고 온갖 짐승들이 무리를 지어 뛰어 노는, 참으로 평화로운 들판
이다. 하지만 다음 순간, 맹수가 나타나면 온 들판이 아연 긴장상태
에 들어가고 쫓고 쫓기는 생존 싸움이 치열하게 전개된다.

　TV '동물의 왕국'에서 보았던 낯익은 장면들이 눈앞에서 벌어진
다. 그러면 손에 땀을 쥐면서 약육강식의 냉엄한 생존의 법칙을 실
감하게 된다. 여기는 동물원이 아니라 박진감이 넘치는 야생 그대
로의 야생이다.

그런데 궁금증이 생겼다. 아무리 아프리카 오지라지만 이 개명 천지에 어떻게 저런 태고적 원시의 자연이 그대로 보존될 수 있을까. 우린 여기서 마사이족의 우주관을 상기하게 된다. 마사이족은 아프리카 영화에서 흔히 보는 훤칠한 키에 붉은 색 옷을 걸친 부족이다. 탄자니아, 케냐의 드넓은 대지의 주인인 이들은 수천 년을 맹수와 함께 평화롭게 살아왔다.

그러던 어느 날 이곳이 국립공원으로 지정되면서 쫓겨나게 됐다. 하지만 놀랍게도 이곳에서 사람이 산 흔적은 찾아볼 수 없다. 완벽하게 자연 그대로 보존돼 있어 이곳에 사람이 수천 년간 살았다는 사실이 믿어지지 않는다. 들판에는 풀이 자라 그럴 수도 있겠지만, 바위라는 뜻의 이 곳 '모루' 지역은 자그마한 언덕에 아름다운 바위와 나무, 그리고 이웃에 물이 있어 큰 부락을 이루며 살았다고 한다.

한 폭의 그림 같은 작은 돌 언덕이 여기저기 흩어져 장관을 이루고 있다. 누군가의 입에서 창조주의 노래가 절로 흘러 나왔다. 맹수가 우글거리는 대평원에 이렇게 아름다운 언덕이 있다니, 신이 이룬 절묘한 조화 앞에 할 말을 잃었다.

우리가 정말 놀란 것은 그 아름다운 바위 어느 곳에도 사람의 흔적이 없다는 점이다. 우리는 길을 내고 바위를 옮기거나 표면에 자기 이름자를 새기기도 한다. 개발이라는 이름으로 택지를 조성하고 포장을 하는 통에 콘크리트 옹벽이 흉물스럽게 남아 있을 텐데. 그러나 이곳은 완벽하게 자연 그대로 보존돼 있어 우리 상식으로는 도저히 이해가 안 갔다.

이것이 마사이족의 자연관이요, 우주관이다. 자기 자신도 자연의 하나로, 자연 속의 한 구성원으로 인식하는 그들은 만물의 영장이라는 오만을 부리지 않는다.

그들의 생활은 거의 소에 의존하고 있다. 우유와 피를 마시고, 소똥을 연료로 쓰거나 집을 짓는다. 가죽은 신발을 만들고, 먹고 남은 뼈는 나무에 얹어 영혼이 하늘로 가기를 빈다. 죽고 살고, 피고 지는 자연의 생명 순환의 법칙에 따라 살아가고 있는 것이다.

이러한 생활양식은 지금도 크게 다르지 않다. 이곳에서는 어깨 위 막대에 양손을 걸치고 메마른 대지를 소처럼 느릿느릿 걷는 마사이족을 쉽게 만날 수 있다. 어디로 가는 걸까. 그가 가는 방향에는 아득한 지평선과 메마른 대지뿐, 집도 소도 보이지 않는다. 그냥 지평선 너머로 사라지기 위해 걷는 사람처럼 보였다. 마치 구도자처럼 공수래공수거, 오직 막대기 하나에 모든 것을 의지한 채 맹수가 우글거리는 그 대지를 겁도 없이 걸어가고 있다.

마사이족에게는 무언가를 모아 부자가 된다는 개념이 없다. 그들은 시간에 쫓기지 않으며, 느린 걸음으로 시간을 만들어 쓰고 있다. 땅에 대한 미련도 없어 물 좋고 풀 좋으면 그것으로 족하다. 바람처럼 잠시 머물다 지나가면 그뿐, 마사이족은 발자국도 남기지 않는다. 아! 하지만 여기를 보라. 얼마나 위대한 것을 남겼는가.

지구상 오직 한 군데, 사람이 살다 갔으나 사람의 흔적이 남아 있지 않은 곳. 야성과 원시의 자연 그대로, 그것이 오늘날 온 인류에게 얼마나 큰 위안과 휴식을 주고 있는가. 이보다 더 위대한 유산이 또 있을까.

마사이족의 위대한 유산 앞에 고개를 숙이게 된다.
우리는 무엇을 남길 것인가.

셋.
혼자가
좋은 시간

:

해가 지면
달이 뜨겠지요.

현란했던 단풍이 퇴색하는 계절. 나무들은 벌거숭이가 되고 낙엽이 수북이 쌓이는 늦가을이 되면 내겐 꼭 생각나는 사람이 있다.

해인사의 골은 깊다. 백연암에서 화랑대를 거쳐 약수암으로 내려오는 골은 더욱 깊다. 아직 길은 반이 더 남았는데, 해는 어느새 꼬리를 감추었다. 무서운 기분이 들어 허둥대며 내려오는데 저만치서 반백의 신사가 바위 끝에 앉아 쉬고 있었다. 어찌나 반가운지 꾸벅 인사를 하고는 내려가는 길인지 물었다. 숨을 헐떡이는 나를 한참 바라보더니 올라가는 길이라고 대꾸했다.

"곧 어두워질 텐데요."

가까이서 본 신사의 얼굴은 무척 야위었고 창백해보이기까지 했다. 이제 나보다 그가 더 걱정이었다. 나야 내리막길인데다 당시 팔팔한 청년이었으니 무서운 것쯤 참고 뛰어 내려가면 그만이지만 이 중년의 신사는 내 입장과는 모든 게 반대이니 걱정이 안 될 수 없었다. 그러나 내 걱정에는 아랑곳하지 않고 엉뚱한 선문답만 했다.

"해가 지면 달이 뜨겠지요."

아니 이건 또 무슨 소리인가. 자신을 걱정해주는 타인의 진심을 이리도 몰라주다니! 이제 난 그 신사를 보호해야겠다는 사명감마저 들기 시작했다. 그의 말대로 달이 뜰지는 모르겠지만 아무리 보름달이 뜬다 해도 이 험한 골짜기를 혼자 오르는 것은 무리다.

"혼자 가십니까?"

나는 다소 단호한 어조로 물었다. 그의 경솔한 야간 산행에 화가 났기 때문이다. 하지만 그는 여전히 담담했다.

"혼자라?"

그는 혼잣말로 중얼댔다. 그리고는 눈을 들어 사방을 둘러보는 것이었다. 나무 한 그루, 한 가지, 한 잎에까지 그의 시선이 머물렀다. 그런데 이상하게도 그의 눈매에서 따스함이 느껴졌다. 마치 애인을 쳐다보듯, 사랑과 자비가 넘치는 듯 했다. 세상에 희귀한 보물을 감싸듯 그의 눈길은 조심스러웠다.

　나는 달아나야 했다. 더 이상 말을 붙일 수 없었던 것이다. 인사도 없이 슬그머니 꽁무니를 빼 달아나듯 내려왔다. 모퉁이를 돌아서며 뒤를 돌아보니 그는 그 자리에 돌부처처럼 앉아 있었다. 온 산을 자기 혼자 버티고 앉아 있는 모습이 움직이면 산이 무너지기라도 할 듯 보였다.

　해가 지면 달이 뜰 것을 믿는 남자, 혼자이면서 혼자가 아니라던 그 신사. 바위 끝, 물 한 방울에까지 머무르던 그 따뜻한 눈길, 지금도 늦가을이 되면 그가 생생히 떠오르곤 한다.

　이 지구 위 어디에 있어도 낙엽 지는 늦가을이 되면 내 마음은 호젓한 산사 계곡으로 달려간다. 발목까지 쌓인 낙엽을 밟으며 이제 화려한 옷을 벗고 어설피 선 나무들을 바라보노라면 한두 잎 남은 잎들이 내 어깨로 내려앉는다. 오싹한 전율마저 느끼게 하는 계절의 아취(雅趣)이다.

　이럴 땐 혼자라야 한다. 온 천하를 다 가지려는, 세상에서 가장 큰 욕심을 품으려면 철저히 혼자여야 한다. 철저히 혼자가 돼야 비로소 바위가, 나무가, 그리고 하늘이 모두 내 벗이 되는 것이다. 삼라 만상이 강력한 생명력을 갖고 내게로 다가오는 순간이다.

그러면 한 푼 때문에 아웅다웅했던 어제까지의 내 모습이 우습게 느껴질 것이다. 쫓고 쫓기는 지금까지의 내 모습에 어이없는 웃음 도 터질 것이다. 저 나무처럼 이제야 나도 벌거숭이가 되었다는 것 을 느낄 것이다. 어쩌면 나의 참 모습을 보게 될지도 모른다. 나무를 마주하고 앉으면 내 모습을 찾을 수 있다.

낙엽의 대화도 들릴 것이다. 찢어진 놈, 검은 놈, 노오란 놈……. 잎들은 질투를 모른다. 한 가닥 바람이 불면 그들은 또 어느 골짜기 로 뿔뿔이 흩어질지 모르지만, 다음 순간의 운명에 아랑곳없이 그 들의 대화는 정겹기만 하다.

이름 없는 풀과 나무, 바위, 그리고 새와 산짐승까지, 산은 어느 하나 차별하지 않고 만물을 품는다. 산에 사는 생명들 역시 어느 하 나 더 갖겠다고 욕심을 내는 법이 없으니, 아무리 좁은 땅이라도 옹 기종기 모여 더불어 살아갈 수 있는 것이다. 무엇 때문에 우린 그렇 게 눈에 불을 켜고 아귀다툼인지, 저 만치 빈손으로 어슬렁거리는 스님들의 세계가 어쩌면 이해될지 모른다.

낙엽 지는 골짜기에 혼자 가보라. 거기엔 욕심 없는 당신이 기다리고 있을 것이다. 화려한 단풍은 정다운 사람들과 웃으면서 즐기는 것이 좋지만, 낙엽 지는 골짜기는 혼자가 좋다. 바위 끝에 앉은 당신의 모습을 상상해보라. 얼마나 멋스럽고 여유작작한가. 인간의 참된 성숙은 혼자 있을 때 익어가는 법이다. 신사의 은은한 종소리가 들리면 더욱 운치가 있을 것이다. 일 년에 딱 한 번 이때뿐이다.

가을이면 내가 선마을을 자주 찾게 되는 사연은 그래서다. 완벽한 힐링의 순간을 선사받는다.

당신을 골짜기의
호젓한 고독으로 초대하는 바이다.

넷.

풍요로운 불면증

:

생각만 해도 풍요롭고
평화스런 이 가을밤에!

해마다 파리한 얼굴로 내 진료실을 찾던 소녀가 있었다. 가을이면 재발하는 우울증으로 찾아오는 것이다. 은행이 물들기 시작할 무렵이면 약속이나 한 듯 나타나곤 해서 노란 은행잎을 보면 그 소녀가 기다려지기도 했다. 그러던 어느 날 소녀 대신 해인사에서 편지 한 통이 날아들었다.

『선생님 올해도 제 계절병은 어김없이 찾아왔습니다. 그러나 저는 병원 대신 절에 가기로 했습니다. 물론 잠도 오지 않습니다. 그러나 전 수면제를 먹지 않기로 했어요. 이렇게 아름다운 밤을 잠으로 보낸다는 것은 너무 슬프잖아요. 전 잠을 못 잘까 걱정하지 않습

니다. 오히려 잠이 올까 두려운걸요. 수면제 한 알에 그렇게 인색하
셨던 선생님이 이제 이해됩니다. '풍요로운 불면증'이라고 하시던
선생님의 말씀도 이제야 무슨 뜻인지 알 것 같아요. 선생님 전 지금
밤이슬 머금은 국화 앞에 앉아 있습니다. 미당 선생님이 가꾼 그 사
연을 읽고 있는 겁니다.

　'한 송이 국화꽃을 피우기 위하여 봄부터 소쩍새는 그렇게 울었
나 보다……'

　방황, 분노, 격정……. 밖으로 밖으로만 치닫던 여름 낮의 뜨거운
입김이 이제야 안으로 익어가는 저만의 가을밤이 되었습니다. 알밤
이 익어가는 소리와 함께 제 인생도 영글어가는 소리가 들릴 듯도
합니다.』

　축하한다! 이제 넌 한 인간으로 성숙해가고 있구나. 이제 너의 계
절병은 너의 영혼을 살찌게 하는 양식이 되어 줄 것이다.

　그래, 가을밤에는 시를 써야지. 누가 이런 밤에 잠을 자랴. 가을밤
엔 이런저런 생각에 잠을 이룰 수 없다. 멀리 떠나보낸 벗들 생각도
날 것이다. 어디서 무엇을 하든 가을밤엔 모두 잠을 이루지 못 할

것이다. 아니 어쩌면 뒤뜰 밖에서 서성이고 있을지 모른다.

가을밤에는 편지를 써야지. 엇비슷 걸린 조각달 위를 기러기가 떼 지어 날면 누구에겐가 편지를 쓰고 싶지 않은가? 혼자 있노라면 서글픈 생각도 들 것이다. 외로움에 치를 떨며 한없이 울고 싶을 수도 있다. 그럼 울어라. 실컷 울기에도 정말 좋은 밤이 아닌가.

가을밤은 우리를 철학자로 만들어준다. 나뭇잎 지는 걸 바라보며 인생유전을 생각해보지 않았다면 어찌 당신이 사람이랴. 지는 한 잎의 나뭇잎에서 대우주의 법칙을 읽어내는 심성도 가을밤이 주는 자연의 축복이다.

우리는 때때로 미운 놈, 얄미운 놈 생각에 이를 갈기도 하고, 생존경쟁의 쳇바퀴 속에서 혈압을 올리기도 한다. 때로는 가진 게 없다고 팔자타령을 하기도 하고, 있는 자를 질투, 시기하고 내 없음에 서러워하기도 한다. 하지만 가을밤에는 낮 동안의 자질구레한 일들이 우주의 먼지처럼 사소해질 것이다.

일어나 창문을 열어 보라. 이렇게 풍요로운 가을밤이 당신을 기다리고 있다. 조금은 싸늘한 밤안개가 당신의 설움을 앗아갈 것이다. 무엇이 모자라 한숨이며 누가 미워 주먹인가. 생각만 해도 풍요롭고 평화스런 이 가을밤에!

가끔은 다음날 일찍 일어나야 하는데 도통 잠이 오지 않는 날이 있다. 아무리 엎치락뒤치락하며 잠을 청해 보아도 소용없다. 오지 않는 버스를 기다려봐야 버스는 저 오고 싶을 때 오는 법. 내 힘으로 어찌할 수 없는 일이라면 마음을 비우고 사색에 빠져보는 것도 좋다. 시가 흐르고, 철학이 깊고, 개구쟁이 녀석들과 함께했던 고향 같은 이 가을밤, 이건 모두 당신의 것이다. 아무리 욕심을 부려도 누구 하나 탓할 사람도 없다.

이름 없는 여인, 노천명도 '밤이면 하늘을 욕심껏 들여놓고 여왕처럼 행복했노라'고 읊조리지 않았는가. '삽살개 달을 짓는 밤이면' 모가지가 길어도 그는 결코 슬픈 사슴일 수는 없었다. 이 세상 누구보다 그는 많은 걸 가질 수 있었다. '밤하늘 별을 따다 한바구니 담아' 들고 선 그에게 무엇 하나 부러울 게 있었으랴.

당신은 오늘밤을 어떻게 맞이하려는지 궁금하다. 부디 낮 동안의 잡스런 일에 매여 끙끙거리지 말았으면 좋겠다. 그럴 바엔 차라리 자는 게 낫다. 하지만 자지는 말기를!

인간은 낮에 살고, 인생은 밤에 영그는 것. 여름에는 자라고 가을
에는 익는 것.

이 풍요로운 한마당
가을밤을 두고 어찌 잠이 오겠는가.

다섯.

흙으로 돌아가는 낙엽

:

무엇이 탐이 나 아옹다옹하며,
무엇이 급해 총총거리는가.

　　　　　　늦은 가을, 해는 서산에 뉘엿거리
고. 나그네가 바위 끝에 앉아 땀을 식히고 막 일어서려는 참이다.

"노형, 어디를 그리 급히 가시오?"

바위가 묻는다.

"행복을 찾아가는 길이오."

바위가 다시 묻는다.

"그래, 찾았소?"

나그네가 뭐라 중얼거리는데, 때마침 큰 바람이 일더니 '우수수'
낙엽이 떨어진다. 마침 그 소리에 묻혀 나그네의 대답을 들을 수 없
었다. 바위는 그게 못내 아쉬웠다. 바람이 잦아졌을 때는 나그네는

이미 저만치 바쁜 걸음을 옮긴 뒤였다.

　절간 선방에 굴러다니는 이야기다. 그래, 어디를 간다고 그리 바쁘게 발길을 재촉하고 아옹다옹 화를 내고 핏대를 올렸을까?

　난 지금 봉평 허브나라 농원의 뒤뜰에서 떡갈나무 아래 앉아 이런 부질없는 생각에 잠겨 있다. 이곳은 물소리, 바람소리, 새소리만 들릴 뿐, 세속을 등진 깊은 산 속이다. 사색하고 글 쓰는 데 여기만큼 좋은 곳이 없다. 도시생활에 쫓겨 지친 심신을 쉬게 하는 데도 여기만한 곳이 없다.

　'또 와야지.' 하지만 마음뿐, 여름 내내 쫓기다 가을도 한창 깊어야 그제야 찾아왔다. 주말 내내 아무 것도 하지 않고 어슬렁거리기만 하리라. 온종일 숲속을 거닐면서 나무에 기대앉고 낙엽 위를 뒹굴면서 이렇게 빈둥거리고 있을 테다. 하늘과 구름과 바람, 그리고 간간이 흩날리는 낙엽을 바라보며 한가로이 말이다.

　여름의 뭉게구름 조각들이 아직 남은 저 하늘가에는 가을 구름이 길게 깔려 있다. 바람이 불면 우수수 또 낙엽이 떨어진다. 이름 없는 나무에 이름 없이 피었다가 때가 오면 미련 없이 지는 낙엽. 바람에

뒹굴다 어느 골짜기에서 흙과 함께 썩어 언젠가는 다시 뿌리로 돌아가겠지. 그리고는 대지의 위대한 창조력과 생명력으로 다시 저 나무에 새순이 돋게 할 것이다. 우리는 자연을 어머니라고 한다. 바라는 것 없이 자신의 모든 것을 자식들에게 아낌없이 내어주는 우리의 어머니와 같기 때문이다.

이것이 바로 대우주 순환의 진리다. 화려한 단풍도, 침엽수의 날카로운 잎도, 떡갈나무의 우중충한 잎도 일단 지면 다시 흙으로 돌아간다. 우리의 인생도 낙엽과 다르지 않다. 고운 옷 입어보겠다고 아무리 발버둥친들 길어야 백 년, 때가 되면 우린 다시 흙으로 돌아간다.

대우주의 순환에서 보면 눈 깜짝할 사이일 것이다. 무엇이 탐이 나 아옹다옹하며, 무엇이 급해 총총거리는가.

"노형, 그래 행복을 찾았소?"

여섯.

나무를
가꾸는 일

:

그 축제가 지금
이집 마당에서 벌어지고 있는 것이다.

　　　　　　　　　　　　　운동을 마치고 친구를 데려다 주
러 가던 길이었다. 차나 한 잔하고 가라는 권유에 친구네 마당에 들
어서니 크지도 않은 뜰에 대추가 한마당이었다. 아이들은 좋아서
깡충거렸고 핼쑥한 부인의 얼굴에도 함박웃음이 가득했다. 이제
막 추수를 끝내고 대추를 골라 바구니에 담고 있는 참이었다. 앞집,
뒷집 할 것 없이 이웃들에게 한 바구니씩 담아 보내는 부인의 표정
이 어쩌면 그렇게 넉넉해보이던지, 내게는 참으로 인상적인 정경
이었다.

　한 알, 한 알 반지르르 윤이 나고 모양도 반듯한 놈으로 정성스레
골라 담고 있었다. 이건 옆집으로 갈 것이란다. 이른 봄부터 정성스

레 가꾼 대추 한 알마다 이 가족의 정성이 담겨 있었다. 한아름 사랑을 담아 주니, 주는 이도 받는 이도 흐뭇하기 이를 데 없다.

이 집의 서편 울타리에는 감이 빨갛게 매달려 있다. 이제 곧 추수를 할 것이란다. 올 가을엔 장마가 길어 아까운 감들이 많이 떨어졌다고 한다. 감상적인 막내딸은 떨어진 감을 주워들고 무척이나 가슴 아파했다고 했다.

이 집에는 감나무와 대추나무가 있는데 십여 년 전 집을 지으면서 심었다고 한다. 동편에 대추, 서편에 감나무를 심어 정성껏 가꾸었다. 물도 주고, 비료도 주고, 겨울에는 둥지를 감싸주었다. 그 정성들이 지금 이렇게 알알이 익은 것이다.

나무는 봄이면 아름다운 꽃을, 여름이면 시원한 그늘을 만들어준다. 감꽃은 나무에 달려 있을 때보다 떨어진 것이 더 아름답다. 감은 숨어서 익기 때문이다. 꽃이 필 때부터 푸른 잎들에 가려 잘 보이지 않는다. 여름내 잎들에 가려 보이지 않다가 무성한 잎들이 한 잎 두 잎 지는 가을이 되면 어디엔가 숨었다 나타나 빨갛게 그 자태를 드러낸다. 대자연의 축복이 아닐 수 없다.

그 축제가 지금 이집 마당에서 벌어지고 있는 것이다. 시골에서는 흔하디흔한 풍경이지만 도시에서는 쉽게 볼 수 없기에 도심 한 복판의 좁은 마당에서 벌어진 축제가 더욱 감격스러웠다.

마당의 문만 열고 나가도 도시의 딱딱한 아스팔트, 자동차, 소음, 기계적인 생활이 되풀이되면서 인간 소외라는 무서운 현상이 벌어 지고 있다. 도시의 생활에는 살벌하다는 표현이 결코 과장이 아니 다. 그런 속에서 한 그루 나무를 가꾼다는 것은 얼마나 아름다운 일 인가.

봄, 여름, 가을 나무는 어느 한순간도 똑같지 않다. 그래서 나무를 보고 있노라면 권태를 잊게 된다. 자연과 함께 호흡하고 있는 내 자 신을 느낄 수 있기에 무미건조하다는 말을 함부로 할 수 없게 된다. 그리고 드디어 대자연이 내린 축복의 결실을 거둬들일 때의 그 풍 성스러움이란.

매일의 생활이 권태롭거든 나무를 보라. 무엇 때문에 사는지 삶 의 의미를 잃었거든 나무를 심어보라. 세상이 각박하다는 한탄이 나오거든 나무에서 배워라. 봄이면 꽃을 피워 우리 감각을 즐겁게 해주고, 여름이면 시원한 그늘을 만들어 주고, 또 가을이면 탐스런 과일을 주지만 나무는 아무것도 바라지 않는다. 그래서 빈껍데기 같은 몸뚱이로 홀로 남은 겨울의 나무를 바라보고 있노라면 한없이 숙연해지는 것이다.

세상인심이 비정하다고 하는 것은 우리 안에 무언가를 바라는 마음이 있기 때문이다. 그 바람에 미치지 못하면 세상이 몰인정하다며 노여워한다. 이는 내 허황된 욕심이 빚어낸 타령이며, 베풀지 않고 받기만을 바라기에 나오는 소리라는 것을 알지 못 한다. 베풀기만 하고 아무것도 바라지 않는 저 나무를 보자. 그 겸허한 자세에 고개가 절로 숙여질 것이다.

우리는 작은 실의에도 좌절하며 세상이 험하다고 욕한다. 당장 내 뜻대로 되지 않는다고 때로는 생을 포기할 생각마저 한다. 하지만 저 나무를 보라. 이제 모든 걸 다 주었다. 꽃도, 잎도, 열매도 다 내놓고 벌거벗은 채 나무는 저렇게 춥고 긴 겨울을 보내게 된다. 찬 서리와 눈바람 속에 나무는 봄이 올 때까지 참고 기다린다. 아무리 몸부림쳐도 봄은 서둘러오지 않는 법. 나무는 자연의 순리에 따르는 슬기를 알기에 기다릴 줄 알고 참을 줄 안다.

우린 그날 정말 훌륭한 추수감사절을 보냈다. 홍시와 대추에 곁들인 차 한 잔의 잔치가 그렇게 풍요로울 수 없었다. 이 친구는 딸만 셋이다. 애들은 가을 노래를 불렀다. 큰딸은 성악을 전공했는데 그 솜씨가 보통이 아니다. 내가 앙코르로 청한 '그네'도 불러주었다. 가을 석양이 이들의 상기된 얼굴을 감보다 더 붉고 예쁘게 물들여 주었다.

내 몫으로 받은 대추 한 꾸러미를 들고 난 그 아쉬운 가을잔치를 끝내야 했다. 나도 어디엔가 나무를 심으리라. 내 비록 땅 한 평 갖지 못했지만 아파트 앞마당 어느 구석이라도 감나무를 심으련다. 물도 주고 정성을 기울일 테다. 삶이 권태로우면 나무를 찾아올 것이다. 때때로 마음이 쫓겨 초조할 때는 나무를 보고 인내와 겸허를 배울 것이다.

그리고 감이 익으면 정겨운 이들을 모두 부를 테다.
자연의 축복을 함께 나누는 풍성한 축제를 벌일 것이다.

일곱.

절경을
마주할 자격

:

눈도 맑아야 한다.
욕심도 없어야 하리라.

'올 가을에는 꼭 설악산 단풍 구경을 갈 거야!' 해마다 가을이면 설악산 열병으로 몸살을 앓는다. 발갛게 물들었을 설악의 웅자를 떠올리면 안달이 난다. 그 모습이 눈에 선해서 생생하게 화폭에 옮겨 그릴 수 있을 것만 같다. 그래서 올해도 설악산에 갈 생각을 하면 어린애처럼 가슴이 뛴다.

그러나 이것은 언제나 생각뿐. 매번 벼르기만 하다가 실행에 옮기지 못하고 초조로움 속에서 아쉽게 가을을 보내고 만다. 이윽고 앞뜰에 은행잎마저 지고, 첫눈이 내릴 쯤에야 내 가을 열병도 차츰 가시고, 다음 해를 기약하는 인내가 시작된다. 그러기를 몇 해가 흘렀다.

"한 번 가지 그래? 뭐가 그리 힘든 길이라고 엄살이야. 온 세계를 누비고 다니는 친구가 지척에 둔 설악산을 못 간다니 말이 돼?"

내가 설악산 단풍 타령을 할 때마다 내 친구들은 하나같이 구박을 한다. 하긴 우리 어머님만 해도 여러 차례 설악산을 다녀오셨다. 그런데 이상하게도 나는 선뜻 나서지지가 않았다. 아무리 바쁘다지만 주말을 이용해 다녀오면 어려운 일도 아니다. 숙박, 교통이 혼잡하긴 해도 남들도 다 겪는 일, 나라고 못할 것 없다. 그렇게 열병을 앓을 정도라면 이번 주말에라도 훌쩍 떠나면 될 일이다.

마음먹고 한 번 떠나는 것이 열병 치료에 특효약이라면 더 이상 기다려야 할 이유가 없지 않은가. 도대체 왜 그리 벼르기만 하느냐고 묻는다면 굳이 이렇다 할 까닭도 없다. 다만 설악 단풍을 그리 쉽게 보아선 안 될 것 같은 왠지 모를 경외심 때문이다. 내 마음속에는 천하제일의 절경을 함부로, 아무렇게나 훌쩍 보고 와서는 안 될 것 같은 두려움 같은 것이 있다. 두 번 봐서도 안 될 것 같다. 그건 나의 욕심이다. 나에게는 생애 딱 한 번만 참배할 수 있는 성지 같은 곳이다. 두고두고 아껴두어야 할…….

얼핏 이해가 안 되는 별난 감상으로 들리겠지만 내게는 그럴만한 사연이 있다. 내가 단풍 구경을 처음 한 것은 가야산 해인사에서였다. 중학교 수학여행 때였으니까 벌써 아득한 옛날이야기다. 그러나 그때 받은 감흥은 너무나 충격적이었다. 그 장엄하고 화려한 경관을 대한 순간, 난 넋을 잃은 채 아무 말도 할 수 없었다. 그때 받은 인상이 너무 강렬해서 지금까지도 그 기억은 아련히 남아 있다. 그 이후 웬만한 단풍은 시시하게 느껴졌다.

이런 기분은 미국 유학 시절에도 마찬가지였다. 경치가 좋다는 미국 동부에 살았지만 가을만은 한국에 비길 수 없었다. 그네들이 자랑하는 단풍의 명승지 '모호크 트레일'도 가야산에 비할 수는 없었다. 물론 규모에 있어서는 광활한 미국 천지와 견줄 수 없다. 그러나 영롱하고 정교한 색조에서는 해인사를 따를 수 없었다. 윤기가 반지르르 흘러, 닿기만 하면 금세 얼굴이 발갛게 물들 것만 같은 그런 윤기가 아니었다. 미국의 단풍은 오히려 갈색에 가깝다. 그래서 그네들은 단풍이란 말은 따로 없고, '가을잎(autumn leaves)'이라고만 하는지 모르겠다.

가야산 단풍에 대한 내 긍지는 그 후 오랫동안 계속되었다. 그런데 문제가 생겼다. 강연 차 내가 처음으로 설악산에 갔을 때였다. 늦은 가을, 석양녘이 되어서야 한계령에 들어섰는데 그 순간, 가을 설악의 웅장한 모습과 대면했다. '과연 설악이구나!'라는 감탄이 절로 나올 정도로 수려한 경관이 참으로 압권이었다.

나의 문제가 본격화된 것은 휴게소 노인의 말씀에서 비롯되었다.

"손님, 걸음이 한참 늦었습니다. 단풍은 이제 산 아래까지 내려와 남은 건 잔재에 불과합니다. 풍악을 보시려면 보름은 더 일찍 오셔야 합니다. 그래서 대청봉에 올라 기암절벽과 조화를 이룬 단풍을 보셔야 진수를 맛볼 수 있을 겁니다. 내년에 다시 오시구려!"

노인이 가리키는 지팡이 끝을 따라 산정을 올려다보았다. 그의 말대로 거기에는 이미 가지들만 앙상했다. '좀 더 일찍 올 것을'하는 후회가 물밀듯 밀려왔다. 그러나 상상할 수 있었다. 수려한 바위와 푸른 하늘을 배경으로 발갛게 물든 단풍의 조화는 시인이 아니어도 얼마든지 그려낼 수 있다.

'그래 내년에 다시 오자. 좀 일찍 오자. 대청봉에 올라 풍악선경을 거닐어 보는 거다.' 나의 설악 몸살은 그렇게 시작되었다.

설악의 단풍에 매료돼 해마다 찾아오는 일본인 가족이 있다. 그들은 단풍은 세계에서 설악이 최고라며 칭찬을 아끼지 않는다. "바위, 소나무, 그리고 흐르는 계곡물, 그 위에 걸친 흔들다리, 이것은 완벽한 조화입니다. 창조주가 만들 수 있는 최고의 걸작이에요."

    그들은 오색 약수터에서 폭포로 올라가는 단풍 길을 이렇게 칭찬했다.

    올해는 꼭 가리라. 하지만 내 마음 한구석에는 언제나 걸리는 것이 있다. 아무래도 이대로 가선 안 될 것 같다. 아직은 설악의 단풍 절경을 마주할 자격이 서지 않은 것 같기 때문이다. 대청봉에 올라 과연 나는 무슨 생각을 하게 될까? 애들처럼 '야호!'나 외치면서 뛰어다닐 순 없는 일, 무언가를 볼 수 있어야 한다.

    자연과 내가 하나가 되어 조화될 수 있는 인생의 슬기도 있어야 하리라. 눈도 맑아야 한다. 욕심도 없어야 하리라. 스님 같은 마음으로 찾아 가리라.

올 가을도 설악산을 찾아갈 것 같진 않다.
그러나 언젠가는 갈 것이다.
그때까지 나의 멋진 계절병은 낫지 않을 것이다.

여덟.

자연 그대로가
자연이므로

:

그 기상은 하늘을 찌르며
천 년 만 년을 그렇게 버티어 왔는데.

팔공산(八公山)은 대구의 얼굴이
요, 대구 사람의 정기다. 먼발치서 그 우람한 기상을 바라보는 것만
으로도 힘이 솟고 용기가 우러난다. 그래서 대구 시민의 노래뿐 아
니라, 대구에 있는 학교라면 교가에 팔공산의 정기가 가득하다.

팔공산은 그러한 산이었으며, 대구의 정신이었다. 그런데 한참
우리나라에 개발 열기가 가득할 시기에 팔공산의 상봉도 불도저에
밀리고 말았다. 그 모습을 본 나는 온몸에 힘이 빠지고 내 정신적
존재가 허물어지는 허탈감을 느낄 수밖에 없었다. 내 허리가 잘린,
아니 가슴이 잘린 아픔과 충격이었다. 그 우람하고 수려한 산세와
깊은 골짜기가 무참히 짓밟혀버리다니. 벌건 선혈을 흘리며 나뒹구

는 거산의 모습을 바라본 순간 아찔한 현기증과 함께 온몸에 전율
이 일었다.

아, 누가 저 산을 저 모양으로 만들었을까? 개발도 좋고 골프장을
닦는 것도 좋다. 하지만 왜 하필 저곳에 지어야 하는 것일까? 굳이
저 산이어야 한다면 나지막한 산비탈에 만들 순 없었을까? 참으로
재주도 좋은 사람들이다. 어떻게 그 험준한 산을 올라 정상 가까이
까지 밀어붙일 수 있었을까? 사람으로 치면 가슴팍도 지나 목덜미
에 아주 난도질을 해놓은 것이었다.

이제 그 산의 위력은 한풀 꺾이었다. 기암괴석들이 아름드리나무
와 함께 어우러져 참으로 우람하고 장대한 모습이었는데, 그 기상
은 하늘을 찌르며 천 년 만 년을 그렇게 버티어 왔는데…….

팔공산 개발 당시 오랜만에 성묘 차 들렀던 고향 뒷산에서 벌겋
게 찢겨진 영산을 보게 된 순간, 형언할 수 없는 착잡한 심정에 휩
싸였다. 내가 팔공산 두메에서 태어났고, 그 품에서 자란 탓인지도
모르겠다. 내가 태어나자 우리 할머니는 산의 기세를 닮아 큰 사람
이 될 것을 기원하며 나를 산에 팔았다. 우리는 그 곳을 영산이라
불렀다. 신령님이 계시는 걸로 믿었기 때문이다. 온 산이 쩌렁대는

호랑이 울음으로 우리는 신령님을 확인할 수 있었다. 도라지 한 뿌리를 캐러 갈 때도 목욕재계한 후 정갈한 마음으로 산을 올랐다. 그 산의 정기를 타고나 우리는 건강히 잘 자랐다.

　팔공산뿐만이 아니다. 산골마을이었던 나의 고향은 지금 대구 비행장이 되었다. 추억 속의 고향은 이제 타향보다 못한 곳이 되었다.

　미국의 '그림자 호수(Shadow Lake)'는 요세미티 공원의 상징인 반월 돔의 그림자가 그대로 비춰진 데서 붙여진 이름이다. 까마득히 치솟은 거대한 반월 돔이 조용히 잠겨 있는 호수. 그것은 한 폭의 그림이었다. 그러나 내게 정말 인상적이었던 것은 호숫가에 붙은 자그마한 안내문이었다.

　『여러분은 지금 자연의 생성 변화 과정을 지켜보고 선 증인입니다. 보시다시피 이 호수는 상류에서 흘러내리는 모래로 인해 서서히 매몰되고 있습니다. 이 아름다운 호수가 없어지는 것은 아쉬운 일이지만 자연은 자연 그대로가 자연이므로……』

　눈을 들어 위를 보니 이미 호수의 절반이 모래에 묻혀버렸다. 아쉬운 마음을 금할 수 없었다. 긴 세월이 흘러 이곳을 찾는 사람은 다시는 이 아름다운 호수, 반월 돔의 그림자를 볼 수 없게 될 것이다. 이게 어찌 지나치는 나그네만의 아쉬움이리요.

하지만 미국 사람들은 그것을 그대로 두고 있었다. 흘러내리는 모래는 막을 수도 있을 것이다. 덮인 모래를 걷어내는 일은 불도저로 한나절 작업이면 가능하다. 그러나 '자연은 그대로가 자연이므로', 그대로 두는 그들의 자연관이 참으로 부럽다.

자연을 그대로 보존하려는 그들의 정신을 본받아야 한다. 손바닥만 한 이 좁은 우리의 땅덩이를 바라볼 때 더욱 그러한 생각이 든다. '그린벨트'도 야금야금 잘라 먹어 이젠 희뿌연 콘크리트 벽의 '그레이벨트'가 되고 말았다.

찢긴 나의 산, 우리의 산을 바라보며 다시 빌어 본다.
"제발……."

아홉.

고향의
맛

:

한 입 베어 물면 그 새큼하고 달짝한 맛에
황홀경에 빠지게 된다.

복숭아벌레를 먹으면 미인이 된다? 이런 소리를 들어본 적이 있을 것이다. 이 말을 꼭 믿어서 그런 것은 아니지만 우리 어릴 적에는 복숭아벌레쯤은 개의치 않고 먹었다. 그럴 수밖에 없었던 것이 그 시절에는 성한 것이 별로 없었기 때문이다. 요즘처럼 싱싱하고 탐스런 수밀도(水蜜桃)는 그림에서나 봤을 뿐이었다. 하지만 이제 농업기술의 발달과 품종 개량으로 큼직하고 물도 많으며 맛 좋은 복숭아들을 먹을 수 있게 되었다.

수박도 하나같이 달다. 옛날에는 수박을 사들고 들어오면 제발 잘 익은 것이 걸렸기를 바라며 가슴을 조여야 했다. 이젠 성공률이 높아져 온 식구가 둘러앉아 숨을 죽이고 수박을 쪼개던 스릴도 사라졌다. 포도송이도 알차고, 참외 맛도 좋아졌다.

채소도 철을 가리지 않고 1년 내내 먹을 수 있게 되었다. 상추, 오이, 배추 등 입맛대로 언제든지 먹을 수 있게 되었다. 그래서 요즘은 김장이라는 것이 큰 의미가 없다. 살기 좋은 세상이 된 것이다.

군이 불평을 하자면 풍미가 떨어지는 점이 아쉽다. 사실 이 맛의 문제는 한 번쯤 짚고 넘어가야 한다고 생각한다. 품종에 따라 좋아진 것도 있지만 변질된 것도 있고 맛이 떨어진 것도 있기 때문이다. 물론 기술 혁신으로 크기나 수확량에서는 재래종을 압도한다.

사과도 신품종 일색이다. 원래 사과 맛이 어떠한 것이었는지도 잊어버리게 되었다. 나는 사과는 홍옥이 제일이라고 생각한다. 늦서리 맞아 검붉게 익은 홍옥을 저장해두었다가 한겨울에 껍질을 벗기면 샛노란 속살이 침샘을 자극한다. 향기만으로도 흥분을 감출 수 없지만 한 입 베어 물면 그 새큼하고 달짝한 맛에 황홀경에 빠지게 된다. 대구 사과가 세계적 명물이 된 것도 이 홍옥 맛에서 유래한 것이다.

하지만 이제 홍옥은 개량종인 부사에 밀려 자취를 감추고 말았다. 사과뿐이 아니다. 뭐든 재래종이니 토종이니 하는 것들은 찾아

보기 어렵다. 우리 땅덩이가 작아서인지 이 땅에서 난 것들은 크지 않다. 하지만 그 맛은 요즈음 덩치 큰 개량종과 비교할 수 없다. 산골의 솔씨를 따먹고 자란 토종닭 백숙은 죽어가는 사람도 눈을 뜨게 할 정도로 일품이다. 또 토종꿀은 어떠한가. 된장, 간장도 엄마 앞치마 냄새와 함께 잊히지 않는 진미다.

물론 여기에는 고향에 대한 향수도 작용할 것이다. 고향의 맛은 언제나 우리 혀에 머물러 있기에 천만리 타국에서도 김치를 먹을 수 있는 이상 한국인임을 느낄 수 있다. 현대인의 고향 상실증은 이 맛에의 상실에서 기인하는 부분도 있을 것이다.

이런 맥락에서 난 요즈음, 좀 사치스런 걱정을 하나 하고 있다. 고추 맛이 예전 같지 않다는 점이다. 덩치는 커졌지만 껍질이 두껍고 질겨서 씹기도 거북하고, 원래의 고추 맛이 아니다. 그래서 안타깝게도 풋고추를 된장에 찍어먹는 맛도 사라져 가고 있다. 그러나 문제는 여기서 끝나지 않는다. 고추가 안 들어간 한국 음식은 상상하기 힘들 정도로 한국 음식의 근간은 고추이므로 그 맛이 없어진다면 우리 음식 전체가 흔들릴 수 있다.

일본뿐 아니라 세계적으로 김치가 인기다. 일본에서 김치를 만들

어 판매하고 있지만 한국 김치의 맛은 따를 수 없다고 한다. 원인이
야 많겠지만 고추의 맛이 중요한 원인이라고 생각한다. 고추는 한
국산이 제일이라는 기사를 읽은 적이 있기 때문이다. 문외한이긴
하지만 나도 전적으로 동감하는 부분이다. 미국 고추인 피망은 덩
치만 크지 도대체 맛이 없어 키 큰 서양사람처럼 싱겁기만 하다. 베
트남, 태국, 멕시코에 가면 더 작은 고추가 있는데 너무 매워 맛을
음미할 수 없다.

누가 뭐래도 우리 토양에 맞게 우리와 함께 자란 우리 맛이 제일
이다. 개량종도 좋고 신품종도 좋다. 하지만 맛만은 우리 것을 간직
할 수 있으면 좋겠다.

복잡한 현대사회 속에서 잠시나마 엄마의 맛,
고향의 맛에 젖을 수 있다는 것이 얼마나 큰 위안이 되는가.

열.
겨울은
겨울대로

:

겨울은 서로의 온기에
감사하는 계절이다.

        겨울은 춥고 혹독한 계절이다. 그
래서 난방이 잘 돼 있는 따뜻한 실내에서 나갈 엄두가 나지 않는다.
   손이 꽁꽁 얼 정도로 추워 테니스 채를 잡기도 힘든 날씨였지만
난 그래도 2시간을 운동장에서 버티었다. 그리고 난롯가에서 손을
녹이니 얼굴과 손이 발갛게 익으며 그제야 온몸에 피가 돌았다. 아!
그 상쾌한 기분이란. 참으로 오랜만에 느껴보는 신선한 생기였다.
이런 기분은 여기서 끝나지 않았다. 그 후로도 며칠 동안 손, 발에
훈훈한 온기가 감돌았다. 문득 춥다며 반사적으로 움츠러드는 나약
함 때문에 겨울이 주는 이 훈훈함을 잊고 살아온 것은 아닐까 하는
생각이 들었다.

『겨울이 오면, 사람들은 영하 깊이 문을 닫아걸리라…』

　시인 신동집의 눈에 비친 겨울 풍경이다. 지금도 겨울의 시골길은 마치 동면의 세계에 들어간 것처럼 적막하다. 도시인들은 시골 사람들처럼 문을 걸고 집안에만 틀어박혀 있을 수 없기 때문에 가능하면 차가운 아스팔트 위에서 보내는 시간을 최소한으로 줄이는 수밖에 없다. 그것도 두꺼운 겨울 코트에 얼굴을 묻고 빠른 걸음으로 서두르면서 말이다. 생업을 꾸려나가기 위해 추위에도 불구, 종일 밖에서 떨어야 하는 사람들에게는 미안함과 존경스러움이 절로 든다.

　그래서 사람들은 겨울이 가고 하루 빨리 봄이 오기를 간절하게 바란다. 미디어에서도 온통 겨울을 고통과 죽음의 계절로 묘사하고 있는 탓에 사람들은 이 절망의 겨울만 지나가면 만사가 제대로 풀릴 것이라는 희망과 기대를 갖는다. 그래서 봄을 간절히 기다리며 하루하루를 보내게 된다.

　하지만 지금 안 되는 일이 봄이 온다고 절로 풀리는 것은 아니다. 한강의 얼음은 풀리겠지만 인생살이가 그렇게 쉽게 풀리지는 않을 것이다. 그러니 할 일이 있으면 지금 하자. 그리고 겨울을 보다 뜻있게 보내야 한다. 흔히 '겨울을 난다'고 하는데 겨울은 나는 것이 아니라 사는 것이다. 겨울은 그저 허송하는 시간이 아니라 봄과 마찬가지로 뜻있게 살아야 하는 계절이다.

자연을 보라. 겨우내 꽁꽁 언 땅 밑에서도 열심히 싹을 틔운다. 곡괭이로도 파고들기 힘들 만큼 단단한 땅이지만 아기 손가락보다 작고 연한 새싹들은 그 땅을 뚫고 올라온다. 그래서 우리 조상들은 겨울의 언 땅 위를 짚신발로도 어루만지듯 조심히 걸어 다녔다. 대지가 품고 있는 봄을 귀하게 여긴 것이다.

춥다고 봄을, 덥다고 가을을 기다리는 사람은 일 년의 반 이상을 기다리기만 하며 허송세월하는 셈이다. 희망이 있으면 겨울에 걸어라. 봄을 즐기려면 겨울도 즐겨라. 추위에 떨어 봐야 훈기를 느낄 수 있는 법이니까. 싸늘한 공기가 폐부 깊숙이 파고들면 짜릿한 자극에 생기가 감돌 것이다. 부신피질의 방위호르몬이 분비돼 신체의 방어력을 튼튼히 해주고, 정신적으로 강인한 인내심도 길러 줄 것이다.

그리고 무엇보다 겨울이 주는 귀중한 선물은 따뜻한 인정이다. 겨울밤의 운치는 다정한 사람들과 도란도란 정담을 나누기에 좋다.

여름밤은 무덥고 산만해서 그런 분위기가 연출되지 않는다. 또한 겨울밤은 길어서 쫓기는 듯 지나는 여름밤에 비하면 포근하고 여유로워 좋지 않은가. 포장마차에서 술잔을 기울이거나 혹은 거실에서 따뜻한 차 한 잔에 정을 나눌 수 있는 것도 겨울이 주는 은혜로움이다. 베풀어 받았던 따뜻한 정이 절절이 그리워지는 것도 이 계절이다.

난 겨울이 오면 혹독하게 추웠던 어느 겨울날의 형이 생각난다. 그 때에 비하면 요즈음 추위는 약과다. 얼마나 추웠던지 문을 열기조차 힘들었다. 그런데 집에는 아무도 없었다. 난 어찌할 바를 몰라 안방에 엎드려 엉엉 울었다. 한참 만에 형도 밖에서 돌아와 내 꼴을 보더니 부엌으로 나가 풍로에 숯불을 피우고 들어왔다. 말이 형이지 당시 초등학생이었던 형의 얼굴도 눈물과 콧물로 뒤범벅이었다. 내 손을 잡고 화롯불에 녹여주는 형의 손이 더 차가웠던 것으로 기억한다.

난 그 날 이후 형을 깍듯이 모시게 되었다. 덩치로 치면 그 때도 내가 더 컸지만 말이다. 요즈음이라고 그런 형이 없을까마는 형의 따스한 보살핌은 지금도 잊을 수 없다. 그래서 찬바람이 불면 엄마

품보다 형의 손길이 더 그리워진다. 초가삼간의 그 정경을 생각하노라면 추위는 어디 가고 푸근한 정으로 온 몸이 훈훈해진다.

　겨울은 춥다. 하지만 그러기에 따스하다. 만물이 얼어붙는 추위 속에서 사랑하는 이들을 더욱 가깝게 만들어주는 계절이기 때문이다. 겨울은 서로의 온기에 감사하는 계절이다. 그래서 난 겨울은 겨울대로 좋다. 사람마다 싫고 좋은 계절이 다를 것이다. 그렇지만 일 년의 4분의 1을 '빨리 보내기만 하면 된다'라는 생각으로 보내기에는 당신의 시간이 너무 아깝지 않은가.

　금강산은 그 특유의 아름다움이 있기에 계절마다 전혀 다른 산으로 즐길 수 있고, 이름도 따로 있다. 겨울의 금강산은 잎이 지고 앙상한 가지만 남았다 해서 개골(皆骨)이라 불린다.

당신의 겨울은 어떻게 이름하려는지 궁금하다.

선마을은 강원도 홍천, 깊은 산골에 숨어 있는 작은 건강마을입니다. 사방이 막혀 있어 밖에서 전쟁이 일어나도 모르는 은자의 곳이죠. 그리고 여기에는 아무런 현대적인 시설이 없습니다. 안테나도 없어 핸드폰도 안 터지고, TV, 라디오, 인터넷, 신문도 없는 참으로 답답한 곳입니다.

거기다 마을은 비탈길이라 오르내리기도 여간 힘이 드는 것이 아닙니다. 주차장은 산 아래 있어 아예 마을에는 차가 들어오지 못 합니다. 건강마을이라지만 현대적 의료시설은 없습니다. 참으로 재미없고 불편한 곳이겠죠? 하지만 일부러 불편하게 만든 것입니다.

'의도적인 불편'이라는 말에 사람들은 깜짝 놀랍니다. 무엇이든 편리하게 만들어야 사람들이 좋아할 텐데 말이죠. 상품도 편리하게 쓸 수 있어야 인기가 있고 잘 팔리는데 의도적으로 불편하게 만들다니. 사람들은 의아해하지만 이게 선마을의 아이덴티티입니다.

우리는 과학문명에 젖어 살고 있습니다. 편리하고 쾌적해서 살기에는 좋지만 과학문명은 양날의 칼이라 할 수 있습니다. 과학문명으로 생활이 편리해질수록 인간의 건강은 퇴보하니까요. 차가 대중화되면서 다리 근력이 약해졌습니다. 핸드폰이 등장하면서 전화번호를 외우는 기능이 퇴보했습니다. 원시시대에는 그렇게 예민했던 청각이 도시에서는 퇴화되고 말았습니다.

게다가 과학문명의 발달은 필연적으로 환경파괴, 공해를 불러옵니다. 편리해진 만큼 인간의 건강이 좀먹고 있습니다. 잘살게 되면서 폭음, 폭식, 운동부족에다 도시에는 밤이 사라져 수면 부족까지 겪고 있습니다.

이런 환경, 이런 생활습관으로 건강하길 바란다면 지나친 욕심이 아닐까요? 이로 인해 우리의 타고난 방어 체력이 날로 약해져가고 있습니다. 면역력, 자연 치유력이 약화되면서 당뇨, 고혈압, 암 등 생활습관병에 걸리게 되는 겁니다.

깊은 산골에서 생활습관을 개선함으로써 방어체력(면역력, 자연치유력)을 강화, 질병을 예방하자는 것이 선마을의 취지입니다. 자연은 엄청난 치유력을 갖고 있습니다. 산에서는 알레르기, 아토피는 물론, 맑은 공기, 자연, 환경으로 생활습관병을 예방, 치유할 수 있습니다.

자연의 이러한 위대한 치유력을 의학적으로 활용하기 위해 다양한 프로그램을 운영하는 선마을은 세계 최초의 자연의학 캠프라 할 수 있습니다. 이곳의 생활환경은 완벽합니다. 문제는 잘못된 생활습관이죠. 여기 머무는 동안은 잘못된 생활습관 개선에 초점이 맞추어집니다. 그러나 몸에 좋다고 무조건 따라 하라는 것은 아닙니다. 모든 것은 쉽고 자연스러우면서 재미있어야 하니까요. 물론 이 모든 프로그램은 엄밀한 의학적 검증을 거친 것입니다.

일단 모든 전자기기로부터 오는 테크노 스트레스를 차단합니다. 따라서 이곳에 머무는 것만으로도 뇌피로가 회복됩니다. 그리고 오는 사람의 대부분이 머리를 많이 쓰는 지식 노동자이어서 교감신경 우위의 생활을 하는 경우가 많은데 이게 바로 스트레스이며, 뇌피로의 주범입니다. 우리 선마을에 뇌피로를 위한 명상 호흡 프로그램이 많은 것도 그래서입니다. 실제로 깊고 조용한 호흡 3분만으로 자율신경 균형이 정상화되면서 스트레스 지수가 현저히 낮아집니다.

여기에서 단기간에 이루어지는 것은 호흡법뿐입니다. 생활습관 개선은 천천히 점진적으로 진행하는 게 원칙입니다. 그래야 따라 하기 쉽고, 일단 개선이 된 후에 재발이 없습니다. 다이어트 프로그램도 자연스럽게 천천히 하는 내추럴 슬로우 다이어트이며, 잠을 유도하는 프로그램 역시 내추럴 슬립을 목적으로 합니다.

이곳을 다녀간 많은 분들이 다시 방문하고 있습니다. 그래서 재방문률이 60%에 이릅니다. 여러분들에게도 평생의 건강 길잡이가 될 자연의학 캠프에서의 휴가를 권하는 바입니다.

자 연 의 학 캠 프 에 서 의   휴 가

part 5

멋진
인생

여자에겐 나이도 세월도
없는 것 같습니다
당당하고 자신 있는
멋쟁이들입니다

:
:

요즘 길에서 나이든 여성을 보기가 힘듭니다.
대신 새카만 머리와 패션이
손녀딸과 견주어도 뒤지지 않을 만큼
당당한 여성들이 넘쳐납니다.
언제나 젊고 발랄한 마음을 지니고 사는 데는
세월도 당해낼 재간이 없나 봅니다.

여자에겐 나이도 세월도 없는것같습니다
당당하고 자신있는 겁쟁이툴입니다
                                    이 시현 🔴

멋지게 살아야
할 이유

:

가난한 사람일수록, 세상이 각박할수록
멋진 인생을 살아야 한다.

인간으로 태어난 이상 우리는 멋진 인생을 살아야 한다. 하지만 당장 먹고 사는 것이 당면과제인 사람에게는 사치스러운 말로 들릴 것이다. 세끼 밥 먹기도 이렇게 벅찬데 멋을 생각할 여유가 어디 있는가. 멋은커녕 하루하루를 악전고투하며 살아가는 사람들은 물정 모르는 소리라고 냉소할지 모른다.

하지만 그런 사람일수록 더욱 멋진 인생을 살아야 한다. 살기 힘든 사람일수록 멋지게 살아야 덜 억울하지 않겠는가. 팔자 좋은 사람은 아무래도 좋다. 어떻게 살든 그는 서글프지도 답답하지도 않을 것이다. 그러나 하루하루를 힘겹게 살아가는 사람이라면 인생을 아무렇게나 살 수는 없는 일이다. 그렇게 세상에 자신을 던져주어서는 안 될 일이다.

가난한 사람일수록, 그리고 세상이 각박할수록 멋진 인생을 살아야 한다. 우리에게는 메마른 하루를 소중히 다듬어 멋지게 살아야 할 책임이 있다. 따라서 각박한 생활 속에서도 멋스러움을 잃지 않는 슬기가 필요하다.

그러나 예로부터 우리는 멋을 허영이나 사치스런 것으로 생각했다. 멋은 산천유람을 하며 풍류를 즐기는 한량 선비들이나 누릴 수 있는 것이었기 때문이다. 지금도 멋을 부리려면 상당한 돈이 필요하며, 그에 못지않은 학식과 교양을 겸비해야 하는 걸로 오해하고 있다. 그래서 뱁새가 황새걸음을 따를 수 없는 법이라며 아예 멋을 외면하고 사는 사람들이 많다.

사실 멋진 인생이란 돈이 많이 드는 것도, 힘이 드는 것도 아니며 분수에 넘치거나 주제 넘는 일은 더더욱 아니다.

여기서 한 가지 분명한 사실은 멋이란 옷을 잘 입는 것과 같은 '겉멋'을 말하는 것이 아니라는 사실이다. 그런데도 사람들은 멋이라고 하면 겉멋에만 치중하는 경향이 있다. 아마 가난했던 우리의 과거 때문에 사치스러운 고급품으로 치장해야 멋이 난다고 생각하는 것 같다. 그러기에 멋이라는 말에는 허영, 허세 등 부정적인 단어들이 뒤따르기도 한다.

인생을 멋지게 살기 위해서는 우선 진짜 멋이 무엇인가를 알아야 한다. 멋이란 순수한 우리말이라 영어로 옮기기에 적당한 말이 없다. 학자들도 우리 고유의 멋이란 무엇인가를 다각도로 분석하고 있다.

무엇보다 멋은 남의 눈을 의식하지 않아야 한다. 멋이란 내 마음 속에 있는 것이기에 남이 나를 어떻게 보느냐는 중요하지 않으며 인위적으로 조작할 수 있는 것이 아니다. 그래서 남의 이목을 끌기 위해 화려한 옷을 입는다면 멋있는 옷은 될 수 있지만 멋진 인생은 될 수 없다.

그리고 남의 시선을 의식하는 멋은 피곤하기만 할 뿐 아무런 재미가 없다. 모처럼 무리해서 비싼 옷을 사 입었는데 누구하나 거들떠보지 않는다면 당신은 아마 울고 싶은 심정일 것이다. 그런 것은 멋이 아니라 노이로제의 원인만 제공할 뿐이다.

우산을 쓰지 않고 빗속을 걷는 것이 멋인 줄 아는 청춘도 있다. 하지만 그것이 사람들의 시선을 의식해서 하는 일이라면 이미 멋이라 할 수 없다. 혹시 어디선가 우산을 받쳐 줄 천사라도 나타날 것이라고 기대하는 것일까. 천사는커녕 달리는 차에 흙탕물 세례를 받거나 감기에 걸려 훌쩍거리며 젖은 빨래를 해야 하는 신세가 되면 처량하기 그지없을 것이다.

더 나아가 남에게 혐오감이나 불쾌감을 주면서 '멋대로' 구는 것은 방종이지 멋이 아니다. 내 마음에 들도록 멋있게 살기 위해 남을 괴롭히거나 남의 눈살을 찌푸리게 해서는 안 된다.

그렇다고 남의 시선을 의식해 과시적이요, 현시적인 것은 멋이 아니다. 멋은 자기에게 어울리는 것이어야 한다. 인위적으로 멋을 만드는 것은 추태일 뿐, 진정한 멋이 아니다. 그런데 알면서도 행하기 어려운 것이 이 과시욕의 문제다. 멋있다는 칭찬을 들으면 누구나 기분이 좋다. 하지만 남들이 멋있다고 칭찬해주었다고 우쭐해진다면 그것은 허영심의 충족이지, 진정한 멋은 아니다. 그런 것이 멋진 인생이라고 오해하고 있을 뿐이다.

사회생활에는 지켜야 할 규범이 있기 때문에 남의 시선을 무시하고 살 수 없다. 하지만 사회적 시선의 노예가 되어선 안 된다. 그렇게 되면 '나'라는 주체를 잃게 되기 때문이다. 내가 없는데 멋이 있을 수 있겠는가.

멋을 부리느라 추운 겨울에 얇은 옷을 입고 다니는 사람들도 있다. 정작 본인은 추위에 떨면서 그것이 멋이라고 생각하는 것이다. 따지고 보면 남의 눈을 위해 자기를 희생시키는 것이나 다름없다.

멋이란 자기를 죽이는 것이 아니라 자기를 살리는 것이다. 온몸에 활력이 감돌게 하는 것이며, 산다는 보람을 충만하게 느끼는 것이다. 멋은 부리는 게 아니고 즐기는 것이다.

태어난 이상 멋진 인생을 살 권리가 있고
또 그래야 할 의무가 있다. 멋은 결코 비싼 것도,
저 멀리에 있는 것도 아니다.
그건 당신의 작은 슬기에 달려있다.

둘.

인생에
취하라

:

잘 취하고 잘 감격하면
인생이 한결 즐거워진다.

창문을 열고 아침 해를 맞는다. 저기 찬란한 아침이 열리고 있다. 멋진 하루의 시작이다. 눈을 감고 맑은 공기를 가슴 깊이 들이켜니 코끝이 시큰해온다. 상쾌한 아침, 신나는 아침이다. 이러한 아침에는 대자연이 주는 환희에 정신없이 취하여라.

나의 아침은 이렇게 설렘으로 시작한다. 난 참 취하기도 잘 하고, 감격도 잘 하는 편이다. 바쁜 일과 중에도 문득 열린 창틈으로 들어오는 한줄기 시원한 바람에 나는 곧잘 취하곤 한다. 친구와 함께 밤길을 걷다가도 종종 '아! 저 별'하고 걸음을 멈추곤 한다. 친구들은 이런 나를 보고 정신과 의사를 오래 하더니 드디어 발광을 하는 것이라고 놀려대지만 그래도 밤하늘이 좋은 것을 어쩌랴.

감격은 생활에 활력소를 줘 권태로운 일상에 악센트가 된다. 취하길 잘 하는 사람은 지루할 틈이 없다. 술처럼 삶에 취한다는 이야기다.

따분한 오후의 사무실에 쾌보가 날아든다. 일과 후 친구가 한턱 쏘겠다는 소식이다. 나도 모르게 졸음이 가득하던 눈에 생기가 돌고 활력이 솟는다. 이것이 대뇌작용이다. 기계적이고 권태로운 시간이 계속되는 와중에 무언가 신나는 뉴스가 들어오면 감정중추가 가볍게 흥분한다. 이것이 곧 사고 및 운동중추를 자극해 일의 능률을 오르게 한다. 그래서 권태로움을 말끔히 씻어내는 활력소 역할을 한다.

그러나 어떤 내용, 어느 정도 강도로 자극이 들어와야 이러한 감격적인 대뇌 반응이 일어나는가는 성격이나 가치관 등 사람에 따라 다르다. 그리고 그때그때 기분에 따라 반응도 달라진다. 기분이 우울할 때는 웬만한 반가운 일에도 반응이 없지만 슬픈 일에는 쉽게 반응해 더욱 침통해진다. 한참 웃고 있을 때는 누가 기침만 해도 까르르 웃음이 터진다. 그럴 때는 작은 자극에도 감정의 반응이 일어나기 때문이다. 대신 최저 자극점이 아주 높아진 상태에서는 웬만큼 큰 자극이 아니고는 반응이 없다.

친구가 한턱 쏜다고 하는 데도 그런가보다 하고 고개만 끄덕이는 사람도 있다. 그리곤 하던 일을 담담히 계속한다. 그런가 하면 너무 신나서 일이 손에 잡히지 않는 사람도 있다. 한국 사람은 일반적으로 감정 유발의 최저 자극점이 상당히 높은 것으로 알려져 있다. 웬만한 일에는 감정의 동요가 없어 감격하는 데 지나치게 인색한 편이다.

잘 취하고 잘 감격하면 인생이 한결 즐거워진다. 함박눈이 내리는 아침 길에 포근히 취해보자. 모든 게 정답고 반가워진다. 눈은 이렇게 사람을 다정하게 만들어 준다. 얼어붙은 마음이 한결 따사로워질 것이다.

길을 가다 귓전에 들리는 '고향의 봄' 노래에 취한다. 문득 향수에 젖어 마음은 동심의 세계로 달린다. 각박하던 도시의 거리가 고향 길처럼 다정해보일 것이다. 취한다는 것은 이렇게 인생을 풍요롭게 만들어주며 멋있는 인생을 살게 해준다.

작은 일에도 감격할 수 있는 사람은 인생이 즐겁다. 자기 인생뿐 아니라 주위 사람까지 즐겁게 해준다. 한 사람이 취하면 그 감격의 파동이 다른 사람의 마음도 흔들기 때문이다. 나 혼자서는 별 감흥이 없지만 함께 있는 사람이 멋있다고 감격에 취하면 그제야 내게도 무언가 느껴지는 것이 있다.

주위를 둘러보면 우리를 취하게 하는 일들은 이외로 무수히 많다. 듣고도 못 듣고, 보고도 못 보고, 느끼지 못하기 때문에 따분한 것이다.

신나게 살려거든 취할 줄 알아야 한다.

셋.

호모
루덴스

⋮

지금 아이들에게 중요한 일은
'모래성을 쌓는다'는 것뿐이다.

바닷가에서 아이들이 모래성을 쌓고 있다. 아이들은 뜨거운 태양에도 아랑곳하지 않고 모래를 모으는 데 여념이 없다. 다음 순간 파도가 밀려오면 애써 쌓은 모래성이 씻겨 무너지지만 아이들은 상관하지 않는다. 무너졌다는 생각조차 하지 않기 때문이다. 또 무너져도 그뿐이다. 아이들은 그저 쌓는 재미로 쌓는 것이다. 누가 잘하나 경쟁하는 것도 아니고, 누구에게 칭찬을 들으려는 것도 아니다. 그저 재미있어 모래성을 쌓는 것이다.

그래서 지금 아이들에게 중요한 일은 '모래성을 쌓는다'는 것뿐이다. 달리 어떤 잡념도 있을 수 없다. 아이들의 표정을 보면 얼마나 즐기고 있는지 알 수 있다. 또 진지하기는 그렇게 진지할 수가 없다. 이것은 누가 시켜서 하는 일도, 하지 않으면 안 되는 일도 아니다. 그저 재미있기 때문에 하는 것이다.

겨울이 되면 눈사람을 만드는 개구쟁이들을 볼 수 있을 것이다. 그렇게 열심히 만든 눈사람도 한나절 햇볕에 고스란히 녹아버리지만 아이들은 상관하지 않고 열심히 만든다. 만드는 재미에 취해 만드는 것이니까.

이런 순간의 아이들에게는 목적과 수단이 일치하므로 일이 곧 놀이가 된다. 어떤 결과를 기대하는 목적의식이 없기에 아이들의 놀이에는 오로지 일한다는 순수한 마음뿐이다. 그 일이 재미있기 때문에 잡념도, 피로도, 권태도 모르고 몰두할 수 있는 것이다. 하지만 어른이 되면 목적과 수단이 분리되면서 일은 고단한 노동이 된다. 일이 놀이가 된다면 일할 때 가장 행복할 것이다. 매일 해야 하는 일이 재미있고, 그래서 거기에 몰두할 수 있다면 얼마나 큰 축복이겠는가.

일을 놀이처럼 재미있게 한다니 꿈 같은 소리로 들릴지 모르겠다. 하지만 그것은 당신 마음먹기에 따라 얼마든지 가능한 일이다.

'호모 루덴스', 인간은 본질적으로 유희적인 인간이다. 즉, 목적과 수단이 일치되는 행동을 지향하는 존재다. 우리 조상도 힘든 노동을 놀이로 승화시키지 않았는가.

자본주의 사회는 목적과 수단을 분리시켜 노동의 영역을 늘리고 놀이의 영역을 좁히고 있다. 우리가 놀이의 영역을 회복시키려면 우선 '일'이라는 억지스런 고정관념에서 벗어나야 한다. 일을 '돈 벌기 위한 수단', '성공하기 위한 것'이라고 생각하는 거창한 굴레부터 벗어던져야 한다.

성공하기 위해 일하는 것이 아니라 열심히 일을 하다 보면 성공도 하고 부자도 되는 것이다. 일을 함에 있어 결과부터 생각하면 일의 재미는커녕 억지스러워져 부담감만 생긴다. 이는 곧 능률을 떨어뜨린다.

일은 하되 재미있게 하라는 말은 듣기에 따라 거부감이 들 수 있다. 우리는 일하는 것에 지나치게 의무감을 부여해 일은 진지하게 해야 한다고 배워 왔다. 따라서 일을 놀이처럼 하면 불성실하거나 태도가 불량하다고 비난받지 않을까 걱정부터 한다.

하지만 앞서 말했듯이, 인간은 태초부터 노동을 놀이처럼 했다.

인간에게는 원래 놀이와 일의 구분이 없었다. 인간이 하는 모든 일은 놀이의 일종이 돼야 한다. 재미있게 일을 해야 능률도 오르고 지치지 않기 때문이다. 단, 슬렁슬렁 놀면서 하라는 말은 아니다. 진지하게 하되 재미있게 해야 한다.

때로는 싫은 일도 해야 한다. 공부도 그렇다. 싫다고 안 하는 것보다 낫겠지만, 정말 재미가 있어 하는 공부만은 못 할 것이다. 전문가가 아니어도 하고 싶어서 재미있게 스스로 하는 공부가 능률면에서 월등히 뛰어나다는 것은 잘 알 것이다. 물론 싫어도 열심히 하다 보면 싫은지 좋은지 모르는 지경에 이르게 된다. 그렇게 빨려들다 보면 공부 속에 완전히 몰입할 수 있다. 그래서 뭔가 좀 알게 되면 공부하는 재미도 생기는 법이다.

에디슨의 부인은 언제나 연구에 지친 에디슨에게 쉬기를 권했다.
"좀 쉬도록 하세요."
"응, 그러지."
하고 자리를 털고 일어선 에디슨은 그길로 연구실로 들어가는 것이었다.
그에게는 연구실이 제일 편한 곳이며, 제일 좋은 휴식은 일이었던 것이다. 그가 제일 재미있게 할 수 있는 일도 연구였다. 돈도 명예도 그 결과로 굴러들어온 것이다.

일은 놀이처럼 재미있게 해야 한다.
일을 재미로 한다면 놀이나 일이 다를 게 없다.
모래성을 쌓는 아이들처럼 재미있게 해보라.
스트레스란 말이 어울리지 않을 것이다.

넷.
세상에서
가장 행복한 일

:

그녀는 현재
자신의 꿈대로 사는 사람이다.

　　　　　　　　미국에 오래 살기도 했고 자주 가
보기도 했지만 난 아직 그쪽의 이름난 곳을 많이 둘러보지 못했다.
워낙 땅덩이가 넓은 이유도 있지만 가는 곳이 언제나 병원 주변이
라 달리 둘러 볼 기회도 없었다. 그러던 중 학회를 마치고 몇몇 대
학을 방문하는 길에 단단히 마음을 먹고 여행길에 오른 적이 있다.
동생 가족과 함께 미국 남단에서 출발해 북단에서 다른 형제 가족
들과 만나, 다시 LA로 내려오는 대장정이었다.

　가는 길에 주립공원과 국립공원을 다 둘러보았는데, 가는 곳마다
아름다운 경관에 감탄을 금치 못했다. '정말 복 받은 나라구나'라는
부러움을 숨길 수 없었다. 하지만 내 부러움은 좀 다른 곳에도 있었

다. 경관을 자연 그대로 보존하려는 그 곳 사람들의 정성스런 노력에 깊은 감명을 받은 것이다.

　공원 관리자인 '레인저'의 헌신적인 태도와 봉사 정신도 인상적이었다. 경찰복 같기도 하고 카우보이 복장 같기도 한 제복을 입은 그들은 친절하고 명랑해서 경찰 같지 않았다. 입장료 징수에서 공원의 질서 유지, 순찰, 안내, 응급구조 등 그들이 하는 다양한 일 중에는 얼핏 보기에 좀 따분하게 보이는 일도 있었다. 하지만 단순하고 반복적인 일에도 그들의 표정은 종달새처럼 즐거워 보였다.
　그들은 방문객에게 먼저 다가가 인사를 한다. 그리고는 큰 차를 몰고 온 노인의 주차를 거들어 주는가 하면, 개울가에서 아이들에게 수영을 가르쳐주기도 한다. 또한 낚시꾼에게는 밑밥을 쓰는 요령을 알려주고, 기념사진을 찍어주거나 포즈를 취해 준다. 하나를 물으면 미처 질문하지 못한 많은 것들까지 소상하게 알려줄 정도로 친절이 넘쳤다.
　내게는 이들이 관광객을 맞는 것을 보는 것만으로도 좋은 관광이 되었다. 이들의 업무 영역이 어디까지인지는 모르겠다. 하지만 내가 보기에 그들은 절대로 의무적으로 일하는 것 같지 않았다. 스스

로 하고 싶어 하는 일들로 보였기 때문이다. 그렇지 않고서야 사람
이 어찌 저리 즐거울 수 있겠는가. 그들의 표정은 한결같이 밝고 명
랑했다.

    티톤 공원에서 만난 핸슨 양도 예외가 아니었다. 계절이 일러 공
원 안은 썰렁했지만 핸슨 양의 밝은 웃음을 대하는 순간 공원 안이
환하게 밝아지는 것 같았다. 피크닉 장소를 찾고 있는 우리들을 경
치 좋은 곳으로 안내해주면서 "여기서 먹으면 밥맛이 좋아요. 그러
나 뚱보가 되면 곤란해요!"하며 손을 흔들며 사라졌다. 친절하고 유
쾌한 아가씨였다.

    저녁을 마친 우리 형제는 호숫가 산책을 하다가 운 좋게도 핸슨
양을 다시 만나게 되었다. 여전히 제복 차림이긴 했지만 모자를 쓰
지 않은 채였다. 황혼에 나부끼는 그의 금발은 참으로 아름다웠다.
구면인지라 우린 반갑게 인사를 나누었다. 그 때 동생이 "오늘은
밤에 열리곤 하는 레인저와의 시간이 없어 아쉽네요"라고 말하자
"Why Not!" 그녀는 지금 당장 하자고 했다. 숙소로 돌아가 커피와
담요를 들고 노천극장 뒤편으로 오라고 방송을 했다. 그리고는 자
기도 사무실 쪽으로 깡충거리며 사라졌다.

우리가 허둥대고 돌아왔을 때 그녀는 기타를 옆에 두고 벌써 불을 지필 준비를 하고 있었다. 다른 방문객들은 장작을 나르고 있었다. 또 한 팀이 땅콩을 들고 나타났다. 조촐한 모임의 준비가 끝난 것이다. 나이 많은 톰이 불을 지폈다. 그리고는 핸슨 양의 원맨쇼가 시작되었다.

우선 그녀는 이곳의 유래부터 소개했다. 중간에 인디언의 노래를 부르며 춤도 추었다. 여기에서 근무하는 중에 벌어졌던 에피소드들이 이어지는 동안 우린 배를 잡고 웃었다. 때로는 드라마틱한 내용에 분위기가 엄숙해지기도 했다. 그녀는 이야기도 재미있게 잘했다. 밤이 깊었지만 누구도 자리를 뜰 생각을 하지 않았다. 우리 모두는 핸슨 양에게 반해 버렸다. 그때 누군가가 물었다.

"당신은 왜 레인저가 되었나요?"

"난 이 일을 좋아합니다. 난 이곳을 좋아해요. 여기 오는 사람들도 좋고요. 여기를 찾는 이는 모두 행복한 사람들이니까요. 찡그린 얼굴이 없어 좋아요. 조르는 사람도 없고 욕심 많은 사람도 없어요."

이곳은 생존경쟁의 치열한 아귀다툼에서 비켜난 곳이다. 그녀 말대로 서로 헐뜯고 싸우는 사람은 없다. 온 미국, 아니 세계 각지에서 즐거운 사람들만 찾아오는 곳이다. 전 세계에서 1년에 수백 통의 감사카드가 날아든다고 한다.

핸슨 양은 대학을 마치고 지리, 역사 등 레인저가 되기 위한 지식을 갖추며 몇 년을 기다려야 했다. 그녀는 현재 자신의 꿈대로 사는 사람이다. 그들의 표정이 그렇게 즐거운 이유가 이해될 듯 싶다.

사람들은 흔히 큰돈을 벌어 부자가 되면 은퇴 후 경치 좋은 곳에 별장을 짓고 목가적인 생활을 하고 싶다고 말한다. 그래서들 그렇게 피비린내 나는 싸움을 벌이는 것이라 한다. 하지만 아름다운 미래를 위해 현재는 진창이어도 좋다는 생각이 어떤 미래로 인도할 것인지는 말하지 않아도 잘 알 것이다.

당신은 어떤 마음으로 일하고 있는지 궁금하다.

다섯.
알아야
재미

:

멋이 뭔지도 모르는 사람에게
무슨 멋을 운운하랴.

　　　　　　탈춤을 처음 보았을 때는 탈춤의
재미를 미처 몰랐다. 추는 사람도 그렇지만 그것이 재미있다고 쭈
그리고 앉아 구경하는 사람들도 내 눈에는 어쩐지 이상하게 보였
다. 이런 생각은 내가 하회마을에 가서 하회탈춤을 직접 보고, 해설
을 들을 때까지 계속 되었다.

　그러나 탈춤의 기본 동작을 몇 가지 배우고 난 후에는 생각이 아
주 달라졌다. 그렇게 신이 날 수 없었다. '덩더꿍, 더꿍.' 우리는 지칠
줄 모르고 밤새 껑충거렸다. 징그럽게만 보이던 탈이 그제야 익살
스런 귀염둥이로 보이기 시작한 것이다. 때론 부드럽게, 때론 힘차
게, 멋진 한판이 어우러졌다. 한국의 얼에도 빠져들었다. 우리 조상

은 정말 멋있고 신나는 백성이었구나. 양반 흥을 멋대로 보게 하고 그걸 받아들일 수 있는 여유도 훌륭하고, 반상이 어울려 신바람 내던 탈춤의 한 장면은 정말 인상적이었다.

내가 이렇게 탈춤 예찬론자가 된 것은 탈춤의 기본을 배우고 난 이후부터이다. 아무래도 세상을 좀 더 멋있게 살려면 최소한 뭔가를 좀 알아야하는 법인가 보다. 멋이 뭔지도 모르는 사람에게 무슨 멋을 운운하랴. 아는 게 병이란 말도 있지만 아는 게 있어야 면장도 한다. 모르는 게 약이라고 하지만 알고 난 후 괴로운 문제가 해결되었을 때 그 기쁨 또한 큰 즐거움이다. 모르면 고통도 없겠지만 해결된 후의 기쁨은 알 수 없다. 골치 아프게 그런 것을 알아 무엇 하냐고 고개를 흔든다 해도 알 것은 알아야 세상사는 맛도 알 수 있는 법이다.

그 아슬아슬하고 긴박감 넘치는 야구도 모르는 사람 입장에서는 그것보다 따분한 것이 없다. 돈까지 내고 구경을 하러 오다니, 뙤약볕에서 고생하는 사람들이 이해되지 않을 것이다. 미국 사람들을 광적으로 만드는 미식축구도 그 룰을 모르면 별 재미없다. 어디 이뿐이랴. 바둑이나 장기도 맥을 모르는 사람에게는 세상에서 가장 따분한 일일 것이다. 바둑 한 판 두는 데 며칠이나 걸린다면 그 경지를 모르는 사람 입장에서는 세상에 그런 시간 낭비가 또 어디 있겠는가.

따지고 보면 세상 이치란 참으로 간단하다. 알아야 재미다. 몰라도 사는 데 큰 지장 없다고 말하는 사람도 있지만, 그런 재미 없이 살고 싶다면 그렇게 살아도 좋다. 하지만 모르면 병이 될 수 있다는 것도 함께 알았으면 좋겠다.

차를 몰아 본 사람이면 누구나 경험할 수 있다. 시골길을 신나게 달리는 것은 상쾌한 일이다. 그러나 갑자기 엔진 소리가 이상해지면 운전자는 불안해진다. 차를 세우고 뚜껑을 열어 보지만 엔진 구조를 모르는 초심자는 그저 불안할 뿐이다. 정비사가 나사 하나 죄면 될 것도 모르는 입장에선 큰일이 아닐 수 없다. 모두 다 전문가가 될 수는 없지만 최소한의 지식은 있어야 엔진 노이로제에서 벗어날 수 있다.

2차 세계대전 당시 미군 병사의 노이로제 발병 원인을 들으면 아주 흥미로운 사실을 발견할 수 있다. 독일군을 상대로 싸웠던 유럽 쪽 병사보다 일본군을 상대했던 태평양 진영에서 더 많은 전쟁 공포중 환자가 발생했다. 독일인은 생김새도 비슷하고 생각이나 행동 면에서도 다를 바가 없다. 미국에도 독일 사람은 많기 때문이다. 그런데 일본인은 그렇지 않다. 생김새도 낯설 뿐더러 할복자살이나 만세돌격 등 미국 상식으로는 이해할 수 없는 끔찍한 짓을 벌이는 마치 외계인처럼 보였다. 무슨 생각을 하며 어떤 전술을 쓸지 도무지 감을 잡을 수 없으니 불안이 클 수밖에 없었다.

알고 나면 별 것 아닌데 알기 전까지는 공포의 대상이 된다. 챔피언이 겁내는 선수도 알려지지 않은 무명 선수다. 우리의 이웃도 모르면 겁이 나 불신이 싹트고 괜히 으스스하다.

같은 직장에서 10년을 함께 근무하면서도 그 집 애가 몇인지 모르는 사이도 있다. 지극히 기계적이요, 건성인 관계란 증거다. 알고 나면 정도 들어 다정한 관계로 발전할 텐데 서로 대적하는 기분이니 유쾌할 수 없다.

신문이나 TV에 오르내리는 사람들은 마치 별세계 사람처럼 보여 우리와는 다른 세계의 인물처럼 느껴진다. 하지만 한 발 다가가 반갑게 인사를 하면 그도 나와 같은 평범한 한 인간이란 사실을 알게 되고 비로소 친근감이 생긴다.

출퇴근 버스 옆자리 사람도 알고 보면 다정한 관계가 될 수 있다.
짐짓 못 본 척 하고 앞만 보고 가노라면 괜히 불안하고 불편하다.

알고 나면 세상 살기도 편해진다.
불안이나 공포를 없앨 수 있을 뿐 아니라,
사는 재미도 배가 되기 때문이다.

여섯.

레저의
노예

:

레저는 돈을 많이 쓰거나
유행처럼 남의 흉내를 내는 것이 아니다.

우리나라는 세계에서 가장 일을 많이 하는 나라로 알려져 있다. 원래 부지런한 민족이라 그런 것인지, 아니면 그렇게 하지 않으면 안 되기 때문에 부지런한 것인지를 생각해보면 어쩐지 측은해진다.

산비탈 박토(薄土)까지 논으로 일궈야 했던 우리 조상들은 벼 한 포기마다 열 번도 넘는 손길을 부지런히 보태야 먹고 살 수 있었다. 지금도 농촌에서는 별을 보고 나가 별을 보고 돌아온다. 근면은 자녀 교육의 첫 번째 지침이었으며, 오랜 역사를 통해 우리에게 체질화되었다. 따라서 잠시라도 빈둥거리며 논다는 것은 큰 죄악으로 간주됐다.

이런 가정교육이 오늘날 우리 민족의 저력이 되어 주었다. 가난이 물려 준 위대한 민족의 유산인 셈이다. '잘살아보자'는 구호가 설득력이 있었던 것도 이런 가난의 역사 속에 굶주려 온 우리였기 때문이다. 짧은 시간에 근대화를 이룰 수 있었던 것도 근면을 바탕으로 한 민족의 저력이 있었기 때문이다.

그러나 이런 긍정적인 측면 뒤에는 부정적인 면도 있다는 것을 간과해선 안 된다. 개인에 따라서는 부지런하다 못해 아주 일의 노예가 되어버린 사람도 있기 때문이다. 이들에게 논다는 것은 큰 죄를 짓는 것과 같은 압박감이다. 그래서 죽으라고 일만 하는 것이다. 특별한 목적이 있는 것도 아니다. 일을 함에 싫거나 즐거운 것도 없다. 만약 이 정도라면 이것은 병이다. 여가가 생기면 불안하고 이를 잊기 위해 일을 하는 사람은 큰 병에 걸린 것이다. 불안에 쫓겨 일을 한다는 것은 몸에도 마음에도 휴식이 없다는 말이기 때문이다. 한계에 이르면 분명 병에 걸리게 된다.

사실 일과 여가를 처음부터 대립시키는 것은 잘못된 생각이다. 양쪽의 가치를 같은 수준에서, 같은 비중으로 생각해야 옳다. 일도 여가도 똑같이 인생을 충실하게 하기 위한 수단이므로, 일은 괴로운 것이고 여가는 즐거운 것이라는 대립적인 개념부터 잘못된 것이다. 여가를 즐기기 위해 일을 하는 것도 아니요, 일을 하기 위해 여가를 즐기는 것도 아니다. 일은 일이고, 여가는 여가다.

일의 노예가 되어서는 안 되듯 여가의 경우도 마찬가지다. 소득 수준이 높아지고 생활에 여유가 생기면서 레저 붐이 일고 있다. 우리는 예부터 노는 데 인색했기 때문에 놀이에 대한 연구가 많이 이뤄져 있지 않다. 레저니, 바캉스니, 레크리에이션이니 하는 말을 적당한 우리말로 표현할 수 없는 이유도 그래서다.

서양의 이런 말 속에는 여가를 즐긴다는 것이 그냥 소일을 한다는 소극적 의미가 아니라 피로를 회복하여 다음 일을 잘 할 수 있게, 더 나아가 놀이가 곧 건전한 인생이라는 적극적 의미가 포함되어 있다. 우리가 알고 있는 놀이의 소극적인 개념과는 아주 다르다.

내가 염려하는 것은 바로 이 점이다. 놀이의 건전한 정신을 이해하지 못한 채 유행의 물결에 휩쓸려 부화뇌동하는 우리의 타성에 비춰볼 때, 자칫 엉뚱한 방향으로 흐를 우려가 없지 않기 때문이다.

불행히도 그런 증후가 이미 현실로 나타나고 있다. 남들이 레저라니까 너도나도 빚을 내서 바캉스를 떠나는가 하면, 등록금으로 남들 따라 스키를 타러 가는 철없는 대학생도 있다. 스포츠나 등산, 캠핑, 사진 등 여가를 즐길 때도 얼마나 고가의 장비를 사용하며, 어떤 옷을 입었는가에만 신경을 쓰니 즐겁기는커녕 오히려 스트레스가 된다.

레저는 돈을 많이 쓰거나 유행처럼 남의 흉내를 내는 것이 아니다. 레저란 마음의 여유이지 돈을 쓰는 여유를 말하는 것이 아니기 때문이다. 집에서 혼자 뒹굴어도 정말 내가 하고 싶어서 하는 일이라면 그보다 멋진 레저는 있을 수 없다. 비록 그것밖에 할 게 없다고 하더라도 그 시간에 할 수 있는 가장 쉬운 일인 것에는 분명하다. 그러는 편이 집단 속에 매몰된 개인 상실형의 거짓 레저보다 훨씬 유용하다.

레저는 정말 마음속으로 내가 하고 싶어서 하는 일이어야 한다. 그렇지 않다면 '여가와 놀이'라는 원래의 의미를 잃게 된다.

일의 노예가 되면 안 되듯,
레저의 노예가 되어서도 안 된다.

일곱.

어른들의 빈곤한
놀이 문화

:

이렇게 놀음은
인격적 손상을 입히기도 한다.

운동하다 돌아오는 길에 차 한 잔
을 하러 후배 집에 들른 적이 있다. 일행이 자리에 앉기가 무섭게
서나 살 난 후배의 아들 녀석이 방석에, 화투까지 한 세트를 들고
들어오더니 방바닥에 주룩 펼치는 것이 아닌가. 놀란 아빠가 아이
를 말렸다.

"이놈아 이 손님들은 아니야."

좌중엔 웃음이 터졌다.

"애 교육 잘 시켰네."

누군가 던진 말에 우리 모두는 배꼽을 잡고 웃었다. 영문을 몰라
어리둥절해하는 아이의 표정이 더욱 귀엽고 우스웠다. 아마 오는

손님마다 고스톱 판을 벌였던 모양이다.

우리는 모였다 하면 고스톱 판이니, '고스톱' 망국론이 대두됨직
도 하다. 여행을 가도 관광은 뒷전, 버스 뒷자리에 모여 앉아 패를
돌리느라 정신이 없다. 한창 열이 오르면 명소에 도착해도 내릴 생
각을 않을 뿐 아니라, 숙소에서도 눈이 벌겋게 충혈된 채 꼬박 밤을
샌다. 이렇게 여행을 마치고 돌아가면 보고 들은 것이 없으니 여행
이야기는 한 마디도 하지 못 할 것이다.

말로만 듣던 내장산 단풍은 가히 천하일색이었다. 그런데 신기한
진풍경이 여기저기 벌어지고 있었다. 나무 아래 모여 앉아 한판씩
벌이고 있는 것이었다. 어떤 자리는 언성을 높여 다투기도 했다. 단
풍 구경은 뒷전인 그들은 고스톱에 아주 정신을 잃은 것처럼 보였
다. 그 먼 길을 복잡한 인파를 헤치고 힘들게 올라 와 고스톱이라니
딱하다는 생각마저 들었다.
"우리 한국인은 모이면 대화를 하는 문화가 없기 때문입니다."
문화인류학자인 이희수 교수가 도박에 대해 이렇게 진단한 적이
있다. 그의 문화인류학적 진단은 내게 많은 것을 일깨워 준 일침이

었다. 정곡을 찌른 분석이었기 때문이다. 나도 1년에 한두 번 명절이 되면 가족이나 옛 동료들과 한판을 벌이곤 한다. 명절에 우리 형제들이 다 모이면 꽤 큰 가족이다. 그런데 한 잔하고 나면 방마다 한판을 벌이는 것이 연례행사이다. 오랜만에 반가운 얼굴들을 본 것은 흐뭇한 일인데 모두들 그렇게 끝나고 돌아가면 무언가 미진한 구석이 남는다.

대화를 할 줄 모르기 때문에 도박을 하게 된다는 이 교수의 지적은 그래서 내게는 작은 충격이었다. 정신과 의사치고 나는 꽤나 둔한 편이라 아직 그런 방향으로 생각해보지 못했기 때문이다. 춥고, 긴 겨울을 일 없이 보내야 했던 우리 조상들에게는 즐길 놀이가 제한적일 수밖에 없었을 것이다. 제대로 놀 줄 모르는 사람들에게 놀음이 놀이가 된 것이다.

그래서인지 미국의 유명 도박 도시에는 종사원으로도 많이 활약하고 있지만 한국을 비롯한 동양계 고객이 압도적으로 많다는 보도를 본 적이 있다. 동양계는 알코올, 마약 중독자가 적은 대신 도박 중독자가 많은 편이다.

한판에 미쳐 밤을 새고 나면 남는 건 피로와 짜증, 그리고 무리뿐이다. 또한 놀음판에서는 사람의 본성이 그대로 드러나기 때문에 엉큼한 놈, 계산이 분명치 못한 놈, 성질 급한 놈, 남을 속이는 놈까지 별에 별 추악한 모습들이 적나라하게 드러난다. 사람의 본심을 알려면 함께 놀음을 해보면 정확하게 알 수 있다.

이렇게 놀음은 인격적 손상을 입히기도 한다. 평소에는 술도 한 잔 넉넉히 사는 인심 좋은 사람도 놀음판에서는 한 푼 때문에 얼굴을 붉히고 멱살을 잡게 된다. 끝나고 냉정을 되찾으면 쩨쩨한 자신이 그렇게 창피할 수 없을 것이다. 판돈을 따든 잃든 기분 나쁘긴 마찬가지다. 돈 몇 푼보다 정신적, 인격적 손실이 크기 때문이다. 순간적인 짜릿한 말초 신경의 자극을 즐기자면 상당한 인격적 수양이 전제 조건이 되어야 한다.

당신이 '꾼'이라면 당신의 대화의 기술,
그리고 인격의 수준을 의심해볼만 하다.

여덟.
문화적
중산층

:

그래서들 이 혹독한 추위에도
넉넉한 삶을 이어가는가 보다.

눈이 내리는 모스크바의 거리를
한껏 들떠 걷고 있었다. 차이콥스키 음악홀 입장권을 용케 구했기
때문이다. 로비에 들어서니 양쪽 벽은 이 곳을 거쳐 간 세계적인 거
장들의 공연 사진이 화려하게 장식돼 있었다. 음악인들에게는 이
무대에 한 번 서는 것이 최고의 영광일 것이다. 하지만 막상 공연장
내부는 소박했다. 나무 의자에 쿠션도 딱딱했다.

그러나 가벼운 실망은 잠시, 무대가 열리자 그만 넋을 잃고 말았
다. 무용 공연을 관람했는데 한 마디로 놀라웠다. 전통무용에 발레
의 우아함과 기계체조 같은 역동성이 가미된 구성이었다. 거기다
샤머니즘의 강신무(降神舞)까지, 무대는 잠시도 틈을 주지 않고 이어

졌다. 동네 처녀 총각들의 수줍은 만남을 주제로 한 군무는 압권이었다. 발랄하고 귀엽고 낭만적이면서 삶의 기쁨이 충만한 '젊은 날의 환희'에 관객들은 숨을 멈추었다.

공연이 끝난 후 함박눈을 맞으며 거닌 낙엽 진 모스크바 거리에서 밤새 참으로 행복한 여운에 젖었다. 저녁은 굶어도 공연장을 찾는다는 이 곳 사람들의 감성이 무척이나 부러웠다. 그래서들 이 혹독한 추위에도 넉넉한 삶을 이어가는가 보다.

동유럽의 화려한 문화적 자산들은 듣기만 해도 놀랍다. 부다페스트에는 50개가 넘는 박물관과 미술관이 있어 초등학교 입학 때부터 순례를 시작해 고등학교를 마칠 즈음이면 나름의 작품 해석이 가능하다고 한다. 내가 찾은 날 밤에만 클래식 공연이 28개소에서 열렸고, 국제적 규모의 음악제도 2개나 열리고 있었다. 프라하에서도 차마 발을 뗄 수 없었다. 그날 밤은 아름다운 골목에 그대로 벌렁 드러눕고 싶었다.

모스크바 역시 도시 전체가 예술 작품이었다. 미술관이나 박물관쯤 되는 줄 알고 저게 무슨 건물이냐고 물을 때마다 안내원은 그냥 아파트라고 대답했다. 웅장하고 화려한 스탈린 빌딩은 우선 그 외관부터 사람을 압도한다. 7개동 중 하나는 예술인, 또 하나는 문화인 전용이라는데, 대체 이들의 문화지수는 몇 점일까?

지난 2014년 문화체육관광부와 한국관광문화연구원의 조사에 따르면, 1년간 직접 문화예술행사를 관람한 비율은 71.3%로 나타나 문화 향수 실태 조사가 실시된 2003년 이후 처음으로 70%대에 진입했다. 문화예술행사 관람 비율이 해마다 증가하고 있는 점은 고무적이지만 여전히 10명 중 3명은 1년에 영화 1편도 보지 않는 문화적 사각지대에 놓여 있다.

부자의 기준은 돈에만 있는 것이 아니다. 프랑스에서 중산층의 기준은 문화 의식에 큰 비중을 두고 있다. 스포츠와 악기를 즐길 줄 알며 예술, 문화계 인사와 친교가 있고, 전시회나 음악회, 연극, 무용, 오페라 등 공연을 관람하고, 미술 작품이나 골동품 구입, NGO·국제기구 등에 기부를 하고 있는지 등이 중산층의 기준이다. 그에 비해 아파트 평수, 연봉, 자동차, 통장 잔고로 중산층을 따지는 우리의 기준은 문화적으로 너무나 빈곤하다.

문화는 이제 사치도, 허례도 아니다. 문화가 없는 상품은 팔리지 않는다. 이제 문화는 생존 경쟁, 그 자체다. 그런데 문화적 감성, 창

조적 정신의 힘은 삶의 밑바탕에서 배어 나오는 것이다. 어쩌면 삶
그 자체처럼 많은 시간이 소요되는 것인지 모른다. 고로 문화는 인
내와 기다림이 필요하다. 당장 눈에 보이는 성과를 요구할 수 없다.

따라서 대학에서 전문학과를 설립하는 것보다 유치원 교육부터
시작하는 것이 더 중요하다. 고도의 감성적, 창조적 인간은 젖먹이
교육에서 시작되어야 하기 때문이다. 아이들의 무한한 창조성과 호
기심을 자극하고 자유로운 발상을 칭찬해야 한다. 학계 보고에 따
르면 천재의 어머니들은 어릴 적부터 박물관, 미술관에 잘 데리고
다닌다고 한다. 어릴 때부터 지적 호기심을 어머니들이 자극해준
것이다.

우리도 '문화 중산층'이 잘 육성돼 도시 전체가 문화적 토양으로
촉촉이 젖어 들면 좋겠다. 피렌체, 빈 같은 도시에 들어서면 문외한
이라도 도시 전체에서 풍기는 고유의 문화적 분위기를 느낄 수 있
다. 사람은 물론, 집 한 채, 나무 한 그루 모두 도시 전체가 거대한 예
술 작품을 이루고 있다.

당신의 문화 지수는 몇 점인가? 물론 공연장에 가는 것만으로 문
화인이 되는 것은 아니다. 공연이 끝난 후 모퉁이 카페에서 공연에

대한 뒷이야기와 감상을 나누어 보자. 생활에 윤기가 돌고, 삶의 품격이 한 차원 높아질 것이다. 이렇게 문화예술을 즐기려면 돈이 좀 들긴 하지만 다른 데서 아끼면 된다. 그렇다고 공짜표는 바라지 말자. 설령 생겨도 돈 내고 들어가길 바란다. 전시장에 가서 작품도 사고, 그게 고사 직전의 우리 문화 예술을 살리는 길이다.

문화가 살아야 삶의 품격이 올라간다.
그리고 그게 경쟁력이다.

아홉.
완행의
휴가

:

자연과 가까워지려면
천천히 가야 한다.

휴가철이 되면 우리는 여행 스케줄부터 짠다. 그것도 아주 빡빡하게. 모처럼의 휴가이니 많이 보고, 많이 다니고, 많이 즐겨야 한다는 강박관념이 있는 것 같다. 그래야 휴가를 잘 보냈다고 스스로 안심하게 되며, 남들에게도 멋진 휴가였다고 자랑할 수 있기 때문이리라. 자신을 위한 휴식시간까지 타인을 의식하는 것은 안타까운 일이다.

하지만 그 욕심이 지나치면 휴가가 아니라 또 다른 노동이 될 수 있다. 무리한 스케줄에 따라 강행군을 하다 보면 휴식이 아니라 오히려 고역이 되기 때문이다. 그래서 휴가를 가장 필요로 하는 사람은 이제 막 휴가를 다녀온 사람이라는 우스갯소리도 있다.

우리는 무조건 멀리 떠나야 휴가다운 휴가를 보냈다고 생각하는 것 같다. 그래서 먼 산이 명산이라고 생각하는 경향이 있다. 휴가철 이면 기를 쓰고 먼 곳을 향해 달려가는 우리들. 멀리 가야 하니 빨리 서둘러야 한다. 그래서 짧은 일정이 더 빡빡해질 수밖에 없다. 갈 길이 멀면 마음이 급해져 느긋한 기분을 즐길 수 없다. 휴가철에 교통사고가 많이 일어나는 것도 이런 욕심이 빚은 비극이다. 휴가 길이 뭐가 그리 급해 그렇게 빨리 달려야 하는지.

아무리 스피드 시대라고 하지만 여행만은 예외가 되어야 한다. 빨리 달리면 달릴수록 아무것도 즐길 수 없기 때문이다. 달리는 차창으로 당신은 무엇을 보았는가? 질주하는 가로수의 행렬 속에 현기증을 느끼며 먼 산의 윤곽이나 대충 보았을 뿐, 자연의 정교함은 전혀 느낄 수 없을 것이다. 풀잎에 반짝이는 이슬, 바위 사이에 수줍은 듯 피어 있는 앙증맞은 들꽃들, 스피드는 이 모든 것들을 앗아간다.

남미로 여행을 갔을 때였을 것이다. 아름다운 호숫가에 취해 일행들은 사진을 찍기 바빴다. 그런데 아슬아슬한 비행기 시간에 마음이 급해진 나는 일행들을 독촉했다. 그러자 옆에서 지켜보던 운전기사가 버스는 다음 버스도 있고, 비행기도 다음 비행기가 있는

데 뭘 그리 서두르느냐는 것이었다. 여기가 좋으면 좀 더 있는 게 더 좋은 것 아니겠냐며. 그래, 경치가 좋으면 마음껏 눈에 담을 수 있도록 쉬었다 가는 것이다. 한 걸음 늦었으면 조금 천천히 도착하면 되는 것을.

예전에 다녀온 문경새재 답사는 무척 인상적이었다. 새로 난 이화령 신작로를 마다하고 옛길을 따라 넘었다. 제1, 제2관문을 지나 조상들이 한양길을 넘나들던 그 문경새재를 발로 넘은 것이다. 장원급제의 꿈을 안은, 혹은 낙향 선비의 두루마기 자락이 보이는 듯했다. 조상의 얼이 자국마다 담겨 있어 고개를 들면 저만치서 우리 할아버지께서 박달나무 홍두깨를 어깨에 메고 내려오실 것 같다. 고개에 올라 땀을 훔치니 일행은 모두 옛 선비가 되어 있었다. 시조 가락이 흘러나와 우리 모두 멋진 운치에 흠뻑 젖어들었다.

자연과 가까워지려면 천천히 가야 한다. 천천히 가야 느낄 수 있기 때문이다. 우린 길에만 나서면 으레 빨리 가야 한다는 강박이 있는 것 같다. 버스도 직행, 기차도 급행이 모자라 특급을 타려고 한다. 사업차 급히 가야 하는 길이 아니라면 굳이 급행을 탈 이유가 있을까. 휴가만은 완행을 권하고 싶다.

  그리고 휴가라고 꼭 멀리 가야 좋은 것은 아니다. 상상력만 풍부하다면 눈만 감아도 앉은 자리가 비로봉 꼭대기가 될 수 있는 법. 멀리 가고, 빨리 가고, 그래서 많이 봐야하는 것이 휴가의 척도라면 당신은 무척 인생을 고달프게 살고 있다는 증거다.

  물량으로 계산할 수 있는 게 휴가의 즐거움은 아닐 것이다.
  얼마나 가느냐가 아니라 어떻게 가느냐!
  휴가는 양이 아니고 질이다.

열.

나의 영화
감상법

:

사실 영화는 뒷맛을 즐기는 재미가
진짜 재미라고 생각한다.

당신은 어떤 영화를 좋아하는가?
장르나 스타일에 따라 간혹 재미없는 영화를 보게 될 때도 있다. 재미없는 영화를 보고 극장을 나오면 괜히 보았다는 생각에 짜증이 밀려오기도 한다. 하지만 영화가 재미없다면 왜 재미가 없는지 곰곰이 생각해보는 것도 재미다. 영화란 보는 재미도 있지만 영화가 끝난 후 함께 본 사람과 나름대로 평을 해보는 것도 빼놓을 수 없는 재미이기 때문이다. 만약 이런 여유와 재미가 없다면 영화를 보았다고 할 수 있을까.

사실 영화는 뒷맛을 즐기는 재미가 진짜 재미라고 생각한다. 말초적인 간지러운 자극보다 중추에 찡하게 와 닿는 감동이 있어야

한다. 그래서 영화는 여운이 길어야 한다. 나는 지금도 가끔씩 흘러
간 명화들의 인상적인 장면들을 음미하곤 한다. 눈을 감으면 그 영
화의 주인공이 될 수도 있다. 장면들을 연상하노라면 외로울 때는
고독의 반려자가 되어 주고, 좌절할 때는 용기를 주기도 한다. 주인
공과 동일시하면 좋은 정신치료제가 될 수 있다.

　영화를 보러 극장에 갔으면 영화가 끝난 후 꼭 차 한 잔 할 것을
권하고 싶다. 영화뿐 아니라 연극이나 전시회도 마찬가지다. 길모
퉁이 카페에 앉아 영화의 감흥을 흠뻑 느껴보는 것이다. 그러면 눈
망울이 젖어 들면서 온 세상이 애절한 사랑으로 울고 있는 듯 한 기
분에 빠지게 될 것이다. 멍하니 할 말을 잊은 채 그대로 앉아 있어
도 좋다.

　나는 카페에 앉아서야 비로소 진짜 영화를 즐기게 된다고 생각한
다. 운동을 하는 즐거움은 땀 흘린 후 시원한 맥주 한 잔을 즐기는
맛에 있다. 극장을 가는 것도 영화가 끝난 뒤 차 한 잔을 놓고 뒷이
야기를 즐기기 위함이다. 그러니 TV에서 방영되는 영화도 혼자 보
거나 영화가 끝났다고 곧장 잠자리에 들면 안 된다. 잠이야 좀 늦으
면 어떠하랴. 차 한 잔 마시며 영화의 뒷맛을 즐기는 재미를 만끽해

야 한다. 영화의 진짜 재미는 그때부터다. 이런 멋도 없이 무슨 재미로 영화며 연극을 보겠는가!

비록 재미없는 영화였다고 해도 투덜대지 말자. 어떤 영화나 연극이든 메시지가 있기 때문에 함께 간 친구의 이야기를 듣다 보면 당신이 미처 깨닫지 못한 것을 배우게 될 것이다. 그래서 카페에서야 비로소 진짜 영화를 즐길 수 있게 되는 것이라고 말하는 것이다.

예일대학 유학 시절, 금요일 저녁이 되면 식당은 극장으로 둔갑했다. 학생들의 아마추어 연극 공연이 벌어지기 때문이다. 별스럽지 않은 것도 많지만 진짜 재미는 끝나고 난 후의 이야기다. 관중은 몇 되지 않아도 공연이 끝나면 진지한 자세로 각자 평을 한다. 그들의 평을 듣고 있노라면 볼 때는 형편없다고 생각한 공연도 어느새 명작이 되어 있다. 내가 정말 즐겁게 생각한 부분은 이 대목이다.

가끔은 유명인사도 초대됐다. 우리나라에도 자기 극단을 데리고 온 적이 있는 에드워드 올비가 방문한 적이 있다. 작품은 그의 유명한 '동물원 이야기'였다. 배우들은 매번 바뀌었지만 이 작품은 여기에서만 네 번이나 본 단골 레퍼토리였다. 공연이 끝난 후 학생들은 여느 때처럼 치열하게 작품에 대한 이야기를 나누었다. 조용히 들고만 있던 올비에게 평을 청했다.

"내 작품이 그렇게 훌륭하고 멋진지 미처 몰랐습니다."

그게 다였다. 그리고는 진심으로 감사하다는 인사말을 남기고 학생들과 어울려 식당을 나섰다. 거기에는 추호의 과장도 없었으며, 인사치레로 하는 말은 더더욱 아니었다. 작가의 원작보다 관객의 평이 더욱 멋졌기 때문이었다.

작가는 이야기 소재만 주는 것이고, 실제 작품은 공연을 보면서, 그리고 끝난 후 관객이 쓰는 것이다. 자기 마음대로 쓰는 것이니 원작과 동떨어진 이야기도 좋고, 함께 본 친구와 합작품을 만들어도 좋다. 사실 영화나 연극은 이런 재미로 보는 것이다.

그런데 우리는 대체로 완성품을 좋아한다. 뒷맛이나 여운을 즐기기보다 그 자리에서 즉흥적인 감동을 받아야 좋은 작품이라고 생각한다. 끝난 후 자기 마음대로 상상하는 것보다 그 자리에서 흑백이 분명히 가려져야 한다. 남녀 주인공이 확실히 헤어지거나 아니면 결혼을 한다는 식으로 결론이 명백해야 한다. 이도저도 아닌 상태에서 끝나버리는 작품은 별로 좋아하지 않는다.

아니면 아예 영화는 그냥 시간 때우기용이라고 생각하는 사람들도 많다. 극장 안에서 실컷 웃었으면 그만이지 영화가 끝난 뒤 영화에 대해 이런저런 이야기를 나누는 것 자체를 불필요한 일로 생각하는 것이다. 이런 사람에게 영화는 그냥 소모품에 불과해 삶의 양식으로 쌓이지 않는다.

영화 한 편 느긋하게 감상할 능력 정도는
멋진 인생을 위한 기본이다.

열 하나.

멋진
여행이란

:

해질녘에 잠자리를 찾아 낯선 곳을
기웃거려 보는 것도 여행의 멋이다.

그동안 나는 서른여섯 번의 세계 여행을 다녀왔다. 좁은 우물을 벗어나 더 넓은 세상을 내 눈으로 직접 보고 느끼면서 가슴을 가득 채워 돌아왔다. 그래서 나는 열권의 책보다 열흘의 여행에서 얻을 것이 더 많다고 생각한다.

그런 의미에서 이제 더 이상 여행갈 만한 곳이 없다고 불평하는 사람은 참으로 부러운 사람이다. 얼마나 가슴을 가득 채웠으면 그런 말을 할까. 정말 행복한 고민이 아닐 수 없다.

휴가철이 되면 우리는 산과 바다 중 어디로 떠날 것인지 고민에 빠진다. 눈앞에 펼쳐질 이런저런 경관들을 생각하면 벌써부터 흥분된다. 여행은 그 순간부터 이미 시작된 것이라 할 수 있다. 이렇게 생각만으로도 흐뭇한 것이 여행의 즐거움이다.

어떻게 보면 여행은 도착하기 위함이 아니라 떠나가기 위함일지 모른다. 꼭 몸이 떠나야 여행이 되는 것도 아니다. '어디로 갈까?' 마음속으로 계획을 세우는 것만으로도 이미 여행을 떠난 듯 여행의 흥분이 시작된다. 그러다 여행을 못 가게 되더라도 그런대로 좋지 않은가.

나는 계획 없이 떠나는 여행을 좋아한다. 나그네는 목적지가 없는 법. 중국의 작가 린위탕은 여행자는 어디서 왔는지는 물론, 이름마저 없어야 한다고 말했다. 그런 의미에서 치밀하게 짜인 여행은 참된 여행이 아니라고 생각한다. 차편과 숙소, 거기에 식당 메뉴까지 미리 짜여있다면 진정한 여행의 즐거움을 누릴 수 없을 것이다.

불안해서 미리 예약해놓지 않으면 안 된다는 소심파는 그냥 집에서 편안하게 쉬는 편이 나을 것이다. 더 나아가 잠자리며 먹을거리며 내 집 같이 편해야 한다는 강박증을 가진 자라면 아예 여행을 필요로 하지 않는 사람이다. 편하기로 말한다면 내 집 안방보다 편한 곳이 또 어디 있겠는가.

여행은 고행이다. 차는 잡히는 대로 타고, 그도 없으면 걸으면 된다. 해질녘에 잠자리를 찾아 낯선 곳을 기웃거려 보는 것도 여행의 멋이다. 좀 힘들기도 하고 서글프기도 할 것이다. 때로는 가벼운 불안도 일 것이다. 하지만 그럴 때 문득 '인생 여정이란 것이 이런 것이 아닐까'라는 생각에 다다른다. 예수도, 석가도 길을 나서 길에서 득도하지 않았는가. 철학이 별 것인가. 이런 생각에 젖어들 때 당신의 인생은 깊이 익어가는 것이다.

계획이 없어야 예기치 못한 사건도 많이 벌어진다. 여행길에 '해프닝'이 없다면 무슨 맛이겠는가. 다음을 알 수 없는 흥분과 스릴. 이 길을 따라 가면 어디로 가게 될까? 어떤 사람을 만나게 될까? 어디서 자게 될까? 생각하면 할수록 흥분의 연속이다. 미지에의 기대, 신비에 가까운 흥분, 그래서 여행이 멋있는 것이다. 여행을 떠날 때 이 모든 것을 계획하고 예약한다면 김빠진 맥주처럼 맛이 없을 것이다.

많은 걸 남겨야 직성이 풀리는 사람들이 있다. 여행에 남는 것은 사진뿐이라며 정신없이 카메라 셔터를 누르는 사람이 있는가 하면, 기념품을 사 모으는 사람도 있다. 하지만 여행에서 정말 남겨야 할 것은 마음속의 추억이요, 인상이 아닐까. 영영 잊히지 않는 온갖 '해 프닝'이 바로 추억의 자료가 되는 것이다. 당시에는 힘들었던 일도 먼 훗날 즐거운 추억이 된다.

여행길이라면 어딘들 어떠하겠는가. 새로운 곳도 좋고, 가본 곳도 좋다. 지난번의 당신과 지금의 당신이 꼭 같은 사람이 아니기에 가보았던 곳도 갈 때마다 새로운 곳이 되는 것이 여행의 본질이다. 나이도 더 먹고, 같이 여행을 떠나는 동행자도, 날씨도 그때그때 다르다. 또한 세상을 보는 눈도 달라졌을 터이니 같은 곳인들 같을 수가 없다. 여행을 할 때마다 내가 새로운 사람으로 태어나기 때문이다.

멋진 여행이란 새로움을 창조해낼 수 있는 능력이다. 완전히 새로운 분위기를 만들어내고, 새로운 감동으로 자연을 대할 수 있는 능력이 있어야 한다. 여행의 단점이라면 책과 달리 스스로 볼 힘이 없으면 아무것도 얻을 수 없다는 것이다. 책은 저자가 이끄는 대로 따라만 가면 되지만, 여행은 온전히 스스로 길을 찾아 자신만의 눈으로 볼 수 있어야 한다.

새로운 것을 창조하기 위해서는 우선 주위가 고요해야 한다. 새

소리, 물소리, 차분한 마음으로 들어야 한다. 그래야 작은 풀벌레 울음까지 들을 수 있다. 나뭇잎 하나도 찬찬히 들여다봐야 한다. 풀내음이 코를 스치면 흙의 의미가 뭔지 느끼게 돼 대자연이 새로운 감동으로 다가설 것이다. 작은 꽃 한 송이에도 소중한 생동감을 느낄 수 있을 것이다.

여행은 이렇게 만물을 느끼는 것이다. 세상을 향해 첫 발을 내딛는 어린아이처럼 눈에 보이는 모든 것이 새로워야 한다. 새로운 감동을 위한 전제조건은 지금의 나는 집에 두고 여행길에 나서는 것이다. 직업, 명예, 권력뿐 아니라 이름마저 두고 떠나야 한다. 여행길에서도 VIP 대접을 받으려는 사람, 여행 중에 굳이 사장 행세를 하려는 사람은 여행보다는 백화점이나 회사에 나갈 것을 권하는 바이다.

그뿐인가. 여행지에 온갖 전자기기들을 싸들고 오는 사람도 있다. 아직도 그 '소음'이 즐겁다면 처음부터 여행이 필요한 사람이 아니었다. 휴가철마다 명소들이 광란의 장으로 둔갑하는 것은 이렇게 여행이 필요 없는 사람들이 모여들기 때문이다.

미국 청소년 야영장의 경험은 아직도 내게 깊은 인상으로 남아

있다. 시끄럽기로 이름난 아이들이지만 캠프장에선 언제나 한 시간
씩 명상의 시간을 갖는다. 뿔뿔이 흩어져 자기 혼자 자연을 마주하
는 시간을 갖는 것이다. 다 큰 우리나라 '어린이'에게도 한 번 권해
보고 싶다.

여행은 계획이 없어야 한다.
그리고 조용해야 한다.

열 둘.
풍자를 받아들일
여유

:

이러한 풍자와 해학은
서민층에게 생활의 활력소가 되었다.

우리는 부자 영감을 노랭이라고
비웃는다. 돈 한 푼에 벌벌 떨며 절약하는 습성을 쩨쩨하고 치사스
럽다고 흉보면서 깔깔대기도 한다. 그런데 생각해보면 이거야말로
웃기는 이야기가 아닐 수 없다. 부자들의 절약 정신을 비웃다니! 하
지만 이게 소시민의 알량한 자존심인 것을 어찌하겠는가. 못 살아
도 쩨쩨하게 살지는 않으며, 남에게 인색하다는 소리는 안 들어야
했던 우리의 절박한 소망이 담겨 있는 듯하다.

조상들의 탈춤에 자주 등장하는 양반, 부자, 바람난 중은 권위와
체면을 내세워 잔뜩 거드름을 피운다. 하지만 탈을 벗김으로써 그
게 곧 허구와 위선이었다는 것이 드러난다. 그도 별수 없는 한 인간

이었던 것이다. 위풍당당한 양반의 기세에 억눌려 살아온 사람들에게는 속 시원한 한풀이가 된다. 좀 어렵게 말하면 카타르시스를 느끼는 것이다.

이러한 풍자와 해학은 서민층에게 생활의 활력소가 되었다. 가난하고 짓눌려 살면서도 한 번씩 숨통이 트이게 해 삶을 이어가는 힘이 된 것이다.

옛날 코미디 중에 임원들 앞에서는 큰소리를 치다가 부인한테 전화가 오면 오금을 못 쓰고 절절매는 회장의 이야기가 인기를 끈 적이 있다. 초라한 공처가로 전락하는 회장을 보며 통쾌해하는 것은 그 회사 임원들만이 아니었다. 시청자들도 허둥대는 회장의 모습에 한풀이라도 하듯 즐거워했다. 내 비록 월급쟁이지만 부인 앞에서 당신처럼 쩔쩔매지는 않는다는 위안이거나 출세하지 못한 자신의 신세를 합리화시키는 것일 것이다. 또한 일종의 보상심리이거나 자기변명일 수도 있다. 어쨌든 그 코미디는 '잘난 사람도, 높은 사람도 별수 없구나'라는 자기 위안제이자, 짓밟힌 자존심의 앙양제가 되었던 것이 사실이다.

우리의 탈춤은 권위자의 탈을 벗김으로써 그들도 평범한 한 인간임을 보여준다. 그렇게 함으로써 서민들은 일말의 연민을 느끼며 그들이 까마득하게 멀고 높기만 한 사람이 아니라 우리와 같은 사람이라는 인간적 친밀감을 느끼게 된다. 풍자와 해학 속에는 권위자와 가까워지고 싶은 소박한 서민의 욕심이 깔려있는 것이다. 이는 어렵고 무서운 사람으로서가 아닌 가까이 교감할 수 있는 사이이기를 바라는 마음에서 비롯된다.

소시민의 이러한 심리는 사람 사는 세상이면 어디에나 있다. 독일에서는 콜 수상의 '바보짓' 이야기가 시리즈로 발간돼 절찬리에 판매된 적이 있다. 콜 수상 자신도 책을 읽고 박장대소를 했다고 한다. 그러나 정계 일각에선 그러한 웃음거리 책이 수상의 정치적 인기를 떨어뜨리지 않을까 걱정이었다. 하지만 그것은 기우에 지나지 않았다. 인기가 떨어지기는커녕 책 덕분에 국민과 친해져 압도적인 표 차이로 재집권을 하게 되었다.

그런가 하면 이웃 일본의 한 기업 이야기는 듣기 딱하다. 사장의 흉을 보았다고 은밀히 문책 인사를 단행한 것이다. 이 소식이 사내에 퍼지자 회사 분위기는 냉랭해지기 시작했다. 직원들은 서로 경계하는 눈으로 감시하게 되었고, 말 한마디도 조심하지 않으면 안되었다. 그러니 회사를 옮기는 직원들이 늘고, 남은 직원들도 사기가 떨어져 사세가 기울기 시작했다.

우리나라의 코미디 작가들은 다룰 수 있는 소재가 제한적이라고 토로한다. 특정 직종이나 집단의 이야기를 다루면 당장 소속 단체로부터 항의가 빗발치기 때문이다. 유머감각이 없는 탓일까? 코미디와 현실을 혼동하고 있는 탓일까? 그렇잖아도 스트레스 홍수 속에 웃음마저 메말라가고 있으니 참으로 삭막한 기분이다.

반상 구별 없이 탈춤 한마당에
신나게 어울리던 조상의 슬기가 새삼 그리워진다.

열 셋.

충만한
오늘

:

쓰기도 하고 달기도 한 인생의
굽이굽이를 씹으며 사는 것이다.

　　　　　　　　　"인생 백 년이 긴 것 같지요? 하
루 또 하루를 살다 보니 이렇게 됐네요." 러시아의 장수촌을 방문한
기자에게 들려준 백 서른 살이 됐다는 노인의 이야기다. 그런 시골
에 사는 사람에게는 장수라는 것이 그리 어려운 일도 아닐 것 같다.
어떠한 장수의 비결도 도시인에게는 어림없는 일이다. 그런데 그
노인들이 좀 서글픈 생각도 들었다. 그냥 그렇게 살게 된 것이라면
오래 산다는 것은 무슨 의미를 갖는 것일까?
　　난 그 기사를 읽으며 세계 연인들의 심금을 울렸던 로맨스 영화
의 고전, '러브 스토리'가 떠올랐다. 그 영화 속의 여 주인공인 제니
는 장수촌의 노인과는 대조적으로 갓 스물을 지난 꽃다운 나이에

생을 마쳤다. 그러나 그렇게 짧은 인생을 살다 가는 그녀에게서 미련이나 후회의 빛은 찾아볼 수 없었다. 죽는 날 아침까지 그녀는 유머를 잃지 않았다.

"병원까지 드라이브 좀 갈래."

그리고 그는 스케이트장에 들러 여유 있게 죽음을 향해 나아갔다. 나는 그 영화의 진짜 제목은 '러브 스토리'가 아니라 '라이프 스토리'라고 생각한다.

이야기가 좀 빗나간 것 같은데, 내가 하고 싶은 말은 하루를 열심히 사는 사람에게는 하루의 끝이 충만감으로 가득 찰 수밖에 없다는 것이다. 하지만 너무 열심히 뛰다 보면 가슴 가득한 충만감을 느껴볼 새가 없다. 그러니 열심히 살고 그 충만감도 만끽했으면 한다.

하루 일을 끝내고 버스에서 내려 집으로 향할 때는 한 번쯤 밤하늘을 올려다보자. 온몸이 나른하고 무거운 다리가 지긋해오면서 하루를 열심히 뛴 만족감이 스며들 것이다. 진정 인생을 사랑하고 즐기려면 이렇게 지쳐 있는 상태가 돼야 비로소 느낄 수 있다. 하루를 반성하자는 그런 진부한 이야기가 아니라, 피로를 느끼는 속에서 오늘 하루를 열심히 뛴 만족감과 자부에 취해 보자는 것이다.

이제 밤이 시작된다. 평화와 휴식의 조용한 밤이 시작되는 것이다. 소중한 것은 이렇게 지쳐 있는 상태에서 실감할 수 있다. 이젠 밖에서의 열기를 식혀야 할 때다. 경쟁, 흥분, 분노 등에 지친 심신을 말끔히 씻고 휴식의 시간으로 돌아가는 순간이다. 그러기 위해 우리는 잠시 걸음을 멈추고 밖에서 묻은 마음의 먼지를 털어 버려야 한다.

이러한 순간의 시간은 대뇌 생리상 중요한 의미를 갖는다. 적극적인 사회활동을 위해 흥분된 교감신경, 아드레날린의 분비, 부신의 방위 호르몬을 가라앉힐 수 있는 시간이다. 그래야 공격적인 생리 상태에서 휴식을 위한 평화스러운 상태로 전환될 수 있다. 밖에서의 짜증과 화를 안고 집에 들어갈 수는 없지 않은가.

지금도 사찰 입구에는 당간지주가 서 있다. 임금님도 여기서부터는 말에서 내려 걸어 들어갔다. 속세의 홍진(紅塵)을 털어 조용히 마음을 가다듬을 시간을 주기 위함이다. 우리도 집으로 향하는 골목 어귀에 마음의 당간지주를 세워보자. 여기는 밖에서의 시끄러운 소음을 몰고 지나서는 안 된다.

그리고 잠시라도 좋으니 한 번쯤 걸음을 멈추고 밤하늘을 올려보자. 아래를 내려보거나 옆을 둘러보면 딱딱한 아스팔트와 콘크리트

뿐이지만 그래도 고개를 들면 하늘이 있다는 것이 얼마나 다행스런 일인가. 정다운 들길도, 포근한 초가도 없어졌지만 그래도 마음의 고향, 하늘만은 오늘도 열려 있다.

어릴 적 생각을 해도 좋고 인생이란 것을 흔들어 봐도 좋다. 별들은 죽음, 삶, 그리고 인생의 수많은 이야기들을 들려줄 것이다. 그 순간 어쩌면 자기 내부 깊숙한 곳에서 소박하지만 새로운 생명의 넘치는 소리가 들려올지도 모른다.

하늘을 향해 깊은 숨을 내쉬면 도회의 짙은 연기를 씻어내 마음이 한결 후련해질 것이다. 백 살을 먹어도 인생을 '그렇게 살게 된 사람'과 스무 살에도 '살아온 사람'과의 의미는 하늘과 땅처럼 다르다. 인생은 씹으며 사는 것이다. 쓰기도 하고 달기도 한 인생의 굽이굽이를 씹으며 사는 것이다.

하늘을 보라.
아무 것도 느낄 수 없다 해도 그런대로 좋다.
하늘을 보자.

저는 요즘 문인화 그리기에 푹 빠져있습니다. 한 번 그림을 그리기 시작하면 시간이 훌쩍 갑니다. 일요일에는 하루종일 그림만 그리죠. 벌써 여러 차례 전시회도 가졌습니다. 학창시절 미술 선생님께 칭찬 한 번 들은 적 없는 제가 전시회라니. 정말 상상도 못 했던 일이 벌어진 거죠.

문인화는 죽기 전에 제가 제일 못하는 것을 해보고 가자는 오기에서 시작됐습니다. 그래서 그림에는 통 소질이 없는 제가, 그것도 여든 나이에 용감하게 문인화에 도전했습니다. 처음에는 사군자부터 배웠습니다. 가장 먼저 난을 쳤는데, 시작하자마자 고비를 맞았습니다. 함께 배우는 동학들은 벌써 대나무, 매화로 넘어가는데 이 시원찮은 학생은 아무리 흉내 내려 해도 되지 않는 것이었습니다.

'역시 난 안 되나보다!' 포기할까 망설인 순간도 있었지만 다시 한 번 용기를 내보기로 했습니다. 대신 제가 그릴 수 있는 것, 산과 바위, 나무, 고향의 초가삼간, 조각배, 달, 그리고 홍천 산마을 자연을 그리기로 했습니다. 그리고 부족한 그림을 이해하기 쉽도록 평소 저의 생각들을 담아 짧은 글귀를 덧붙였더니 제법 멋진 작품들이 나오기 시작했습니다.

그렇게 문인화에 빠지기 시작하자 세상 모든 것이 달라졌습니다. 겉이 아니라 사물의 본질을 보려하니 문인화는 저를 깊은 사색의 세계로 인

도해주었습니다. 그것은 난생 처음 겪어보는 경험이었습니다. 여든 넘어 시

작한 문인화가 마음의 눈을 뜨게 해준 거죠. 그림을 그리면서 인격 수양을

하는 기분입니다.

문인화의 매력을 몇 가지 정리하면 다음과 같습니다.

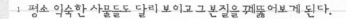

1 평소 익숙한 사물들도 달리 보이고 그 본질을 꿰뚫어보게 된다.

2 모든 인간관계나 자연과의 관계가 더욱 친근해지고 정감이 간다.

3 그리는 상상을 하거나 실제로 그리는 동안 완전히 몰입해 마음이 편안

해진다.

4 작업을 하는 동안이나 일상생활에도 시상이나 화상이 떠올라 언제

나 창조적 발상을 하게 된다.

5 온갖 공상을 하면서 순수한 마음과 동심을 되찾게 된다.

여든에 새로운 일을 시작한다는 것은 쉬운 일이 아닙니다. 그것도 평생

콤플렉스였던 그림 그리기에 도전하는 것은 대단한 용기를 필요로 하는 일

이었습니다. 하지만 그 도전을 통해 제 인생은 전과는 비교할 수 없을 만큼

풍요로워졌습니다. 그리고 저의 인생은 한층 멋있어졌습니다. 여러분은 어

떤 도전을 하고 계신가요? 여러분의 멋진 인생도 응원하겠습니다.

내가
가는 길

:

      어느덧 인생의 여든 고개를 넘었습니다. 지나온 길들이 어제 일처럼 또렷하기도, 가물가물 아련하기도합니다.

  제가 미국유학을 마치고 귀국했을 무렵에는 산업화, 도시화가 진전되면서 전국이 벌집을 쑤셔놓은 듯 시끌벅적이었습니다. 유학을 떠났던 1960년대 초와는 모든 게 완전히 달라져 있었죠. 이렇게 엄청난 변화가 있을 줄은 꿈에도 상상을 못했습니다. 제가 한국에서 차를 몰 날이 올 줄 누가 알았겠습니까. 제게는 완전히 제2의 문화충격이었습니다.

  제가 겨우 정신을 차려 한국사회를 찬찬히 보게 된 것은 1980년대 들어서였습니다. 갑자기 시골에서 도시로 이주해온 많은 사람들은 신호등 하나 지킬 줄 모르는 '촌놈' 그대로였습니다. '이들을 도시인으로 만들어야겠다!' 이게 제가 처녀 출간한 졸저 '배짱으로 삽시다'입니다. 이 책이 초 베스트셀러가 되면서 전 하루아침에 명사가 되었습니다. 그날 이후 사회정신의학을 전공한 사람으로서 한국사회가 필요로 하는 게 무엇일까를 연구, 대책을 내놓았습니다.

전 5년마다 과제를 정하고 TV, 라디오 출연은 물론이고 신문, 잡지 원고를 비롯, 대중강연까지 정해진 과제에 집중했습니다. 그 과제는 1980년대 초반은 '촌놈 도시인 만들기', 후반은 '스트레스', 1990년대 초반은 '중년부인과 청소년', 후반은 '세계화', 2000년대 초반은 '다양성', 후반은 '문화적 성숙', 2010년대 초반은 '건강, 자연의학연구원, 선마을 설립', 후반은 '세로토닌 문화운동'입니다.

전 이들 과제를 위해 모든 걸 바쳤습니다. 이것이 제가 의사로서 해야 할 의무요, 사명이라는 생각에서 이를 위해 여생을 바칠 각오로 뛰었습니다.

전 항상 빚쟁이라는 생각을 떨칠 수 없습니다. 그것도 아주 큰 빚쟁이입니다. 팔공산 두메에서 태어나 오늘이 있기까지 우리 사회에 큰 빚을 지고 있습니다. 그래서 '감사합니다.' 이말 밖에 달리 할 말이 없습니다. 사회가 이만큼 저를 키워주었으니 이젠 제가 진 빚을 갚을 때입니다.

베풀어주신 큰 은혜를 갚기 위해 저는 마지막까지 신명을 바칠 생각입니다. 그것이 제가 가야 할 길입니다. 여러분의 인생 길은 어떠한지요? 그 길 또한 흥과 신이 넘치길 바랍니다.

저자 이시형

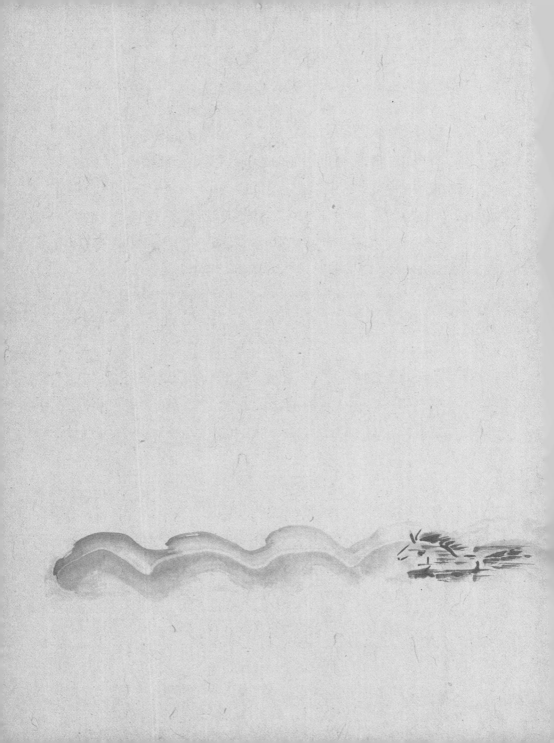